Jutta Heinrich

Unheimliche Reise

Roman

Europäische Verlagsanstalt

Alle Dinge müssen erst monströse
unheimliche Masken tragen,
um sich ins Herz einzuprägen.
Friedrich Nietzsche

Keine Sinnhaftigkeit außer dem Wahn.
Elisabeth Bronfen

Das Schicksal war übermächtig,
und in seinen unumstößlichen
Gesetzen lag meine vollständige und
furchtbare Vernichtung beschlossen.
Mary Shelley

Inhalt

Die Stadt 23
Hotel. Nacht 39
Erwachen 41
Zweites Erwachen 52
Erhöhte Wachsamkeit 57
Irritierte Wachsamkeit 63
Freigang 72
Nachtgang 90
Der Brief 104
Niederkehr 111
Sedierte Wachsamkeit 118
Tierkopf 136
In der Falle 148
Wald. Wahn 156
Eingängiger Dialog 163
   Cassette 1
   Cassette 2
   Cassette 3
   Cassette 4
   Cassette 4 zweiter Teil
   Cassette 5
   Cassette 6
Rückkehr 191
Offenes Geheimnis 197
   Cassette

Niemand wird mir glauben. Und doch wird es für mich zur lebensnotwendigen Aufgabe, die Geschehnisse zu beschreiben, ehe ich in Gleichgültigkeit versinke oder, was erschreckender wäre, in hochwachsender, dicht und dichter werdender Irrealität.

Seit geraumer Zeit hatte ich eine unerklärliche Sinnesstumpfheit in mir, die ich bekämpfte, indem ich oberflächliche und abgelegte Kontakte mied, mich mehr und mehr zurückzog und mir selbst schriftliche Klärungsversuche verbot.

Für kurze Zeit versuchte ich, asketisch zu leben, wenig zu mir zu nehmen, so wenig wie möglich zu sprechen und mich zu zerstreuen, um dieser Dumpfheit auf die Schliche zu kommen. Ich hatte etwas Geld gespart, das mir erlaubte, mich eine Weile aus meinen Lebensgewohnheiten herauszuziehen, die ich gleichfalls für meinen tristen Zustand verantwortlich machte.

Beim Abschied war wichtig, nicht viel Gepäck mitzunehmen, keine vergewissernden und trostreichen Rituale auszutauschen, aber vor allem, keinen bekannten Ort auszusuchen, um auch die Möglichkeit einer sentimentalen Wiederbegegnung auszuschließen.

Was aber unbestimmt lenkte: einen Aufenthalt im eigenen Land zu wählen, denn mir schien, als wirke sich die

Vergrößerung und Verunsicherung um mich herum auf meinen rätselhaften Zustand aus, als lebte sich eine dunkle Bodenlosigkeit, Nichtliebe, ein Verrat in meinem Körper hoch. Nachdem ich gepackt hatte, setzte ich mich in einen Zug und fuhr in südliche Richtung.

Im Abteil saßen mir eine Frau und ein Mann gegenüber. Die vertraute Art, in der sie sich beschwiegen und wie sie – ein wenig später – gemeinsam ein Brot aßen, sagte mir, daß es sich um ein Ehepaar handeln mußte, das noch einmal auf die Reise geht, um das Sprechen wiederzufinden. Er schien die drückende Ausdrucksunfähigkeit mit geübter Kühle zu tragen, während sie, auch weil ich es wahrnahm, mir ab und zu einen müden und verschämten Blick zuwarf, der nicht die geringste Körperbewegung in ihr auslöste. In ihrem zähen, aber doch verräterischen Mißbefinden genoß sie meine mir noch zur Verfügung stehende Sympathie, und ich fühlte mich so beschäftigt, daß ich sogar vergaß, aus dem Fenster zu schauen.

Ich taxierte ihr nagelneues Gepäck, das wohlgeordnet über ihren Köpfen gelagert war. Vielleicht hätte ich vergessen, jemals auszusteigen, wenn nicht eine Ungeschicklichkeit geschehen wäre. Es mochten Stunden vergangen sein, als sie sich von ihm die ebenfalls neue Handtasche herunterreichen ließ, die bis zum Bügel vollgestopft und so ausgebeult war, daß sie danebengriff. Ein Wust kleiner Dinge ergoß sich zu unseren Füßen. Unwillkürlich mußte ich lachen. Dankbar, daß endlich der Verkrampfung ein Ende gesetzt war, beugte sie sich hinunter und sammelte, befreit mitlachend, die ungehorsamen Teile wieder ein. Ihm entlockte der Vorgang keine Regung. Stocksteif, vielleicht ein wenig weiter von ihr abgerückt, schaute er dem Fall, dem Ausbruch der Unordnung, dem Aufsammeln in solcher Verachtung zu, als hätte sie das Abscheuliche ihres Unterleibs vor ihm ausgebreitet.

Zwei Stationen später stiegen sie aus, und weil ich ihr und ihm so dankbar war, daß sie in mir eine ironische Nachdenklichkeit über die Weiblichkeit oder die Bestialität von Handtaschen ausgelöst hatten, stieg ich einfach mit ihnen aus, stand auf einem unbekannten Bahnhof, immer noch mit dem spöttischen Gedanken beschäftigt, daß nur verschlossene Handtaschen den Reiz der Trägerin erhöhen. Eine Handtasche, dachte ich, wird dem Geheimnis der Frau zugeordnet, platzt sie auf bis auf den Grund, wird nicht nur die Tasche entleert, sondern die Trägerin gleich mit ihr. Immer noch verstrickt in die Tücken von Handtaschen und während ich mir vornahm, später, irgendwann, etwas Tiefsinniges darüber zu denken, sah ich die beiden in einen Zug steigen.

Eine Ahnung von Verlassensein streifte mich, orientierungslos schaute ich im Kreis, suchte den Ausgang und verließ den Bahnhof.

Es war zaghafter Frühling, ein kühler Wind wehte die Papierabfälle einer nahen Imbißbude vor meine Füße, Taxen standen in reichlicher Auswahl, und sie blieben so entschlossen bewegungslos, daß sie wie Attrappen wirkten. Vor dem Bahnhof lastete eine marode Trägheit, die mir flatternde Papierfetzen, eine rollende Coladose aufregend erschienen ließen.

Es ist mir unerklärlich, warum ich auf der Bahnhofstreppe nicht kehrtmachte, um mich in den Zug zu setzen und an einem anderen Ort auszusteigen, der mir auf den ersten oberflächlichen Blick angenehmer gewesen wäre.

In mir war eine lähmende Unentschlossenheit, ich stand wie festgenagelt neben meinem Gepäck, das in Form eines

Koffers und zweier Umhängetaschen auf eine Entscheidung wartete. Unentschieden folgte ich der breiten Straße, die, vollgestopft mit Geschäften, den Blick auf einen Dom lenkte, ein gläsernes Aussichtsrestaurant, dahinter Türme, die an ein Stück Stadtmauer grenzten, davor aber eine trübe Taubheit, die auf meine Unentschlossenheit abfärbte.

Unversehens stand ich allein, die wenigen Menschen, die mit mir die Bahnhofstreppe heruntergegangen waren, waren verschwunden, so stand ich, unübersehbar, die Treppe besetzend, bis ein Taxifahrer aus seiner Lethargie erwachte und den Wagen vor meinen Ausblick und meine Unbeweglichkeit postierte, so daß ich durch eine ungeduldig geöffnete Wagentür beinahe genötigt wurde, einzusteigen. Nachdem sich der Fahrer herabgelassen hatte, meine sperrigen Güter zu verstauen, sah er mich berufsmäßig abschätzig an und sagte als erstes: »Fräulein« – und danach einen Satz, der mich hätte stutzig machen müssen: »Reporter, oder? Klar, was anderes kommt ja hier sowieso nicht her!« Wegen meiner Versponnenheit reagierte ich nicht auf diese sprachlichen Züchtigungen.

Ich entschloß mich, keine Antwort zu geben, bat ihn, mich zu einem Hotel zu fahren, das im Zentrum der Stadt liegen, aber preisgünstig sein müsse, weil ich vorhätte, längere Zeit zu bleiben.

Und weil ich leichtsinnigerweise auch noch seinen nachfolgenden Satz: »Das glaube ich erst, wenn ich es gesehen habe!«, der ganzen mißvergnügten Begegnung zuschlug und mich mürrisch gab, überhörte und übersah ich alle Signalstellen und Zeichen, ließ mich freiwillig in einem Ort nieder, dem ich auf der Stelle hätte entfliehen können, wurde nicht nur in einen Strudel erschreckender Vorgänge hineingezogen, sondern bin inzwischen gezwungen, Berichterstatterin einer dunklen Gesetzmäßigkeit zu werden, um nicht auch noch die Reste von Orientierung zu verlieren. Das Hotel, vor dem er mich absetzte, lag in einer kurzen Seitenstraße, die von der Hauptstraße abging, es behauptete sich mit einem erneuerten Glasdrehtüreingang, einem Treppenaufgang, der Höhe und Weite signalisieren sollte, und unter mehreren Fahnen prunkte in goldenen Buchstaben: HOTEL ZUR POST. Ich schloß für einen Moment die Augen und hatte einladende Bilder vor mir, die sich mit dem Namen des Hotels verbanden, eine wohltemperierte Oase aus Zeitstillstand, hinter der Glastür auf immer wartend ein Portier mit dem bekannt nörgeligen Charme, der unterstreicht: Die Hereingelassenen sind die Gemeinten, Erwarteten, nicht nur für eine kurze Zeit, die draußen bleibt, sondern für eine lange Weile, die im Namen ZUR POST Gewährleistung verspricht. Eine Eleganz der Bescheidung, eine unaufdringliche Festung gegen die Zeit, die den anderen Hotels, die sich Imperial, Clubhotel, Senator oder Europa nennen, nicht und niemals zu eigen sein könne.

Und während der Fahrer in poltriger Umständlichkeit die Gepäckstücke an die Drehtür trug, glaubte ich in glitzernder Schneekälte Paare von Skiern an der Hauswand zu sehen, glaubte zu sehen, wie rotwangige Gäste von wieselnden Hotelangestellten empfangen wurden, um mit einem Glas Champagner in der Hand dem Kaminzimmer zuzugehen, um zu wissen, während die schweren Türen von eleganten Gestalten geschlossen wurden: Die Zeit hört nicht auf, sie richtet sich auf die Fülle des Erlebens ein, im Stillestehen der Wiederkehr sind sie die Protagonisten, die Eingekehrten und Beschützten, die die hektische, zerstörerische Gegenwart ausschließen. Ich öffnete die Wagentür und hatte das Gefühl, aus einer Kutsche auszusteigen, in eine Vergangenheit einzutreten, die die alte Zeit der POST durch TELECOM auflöst und vergessen macht. Der Name fällt über die seelischen Landschaften her wie eine schwarze Säure, die auch Dome, Kirchen und Denkmäler zersetzt. Und als ich gerade die Aufschrift: TELECOM auf dem Hotel zu lesen glaubte, streckte mir der Taxifahrer aufdringlich die Hand entgegen. Nachdem er mein Gepäck abgeworfen hatte, setzte er sich beinahe triumphierend ins Auto zurück und wartete, bis ein Mann aus dem Hotel herauskam, den er kannte und der mit grober Zuverlässigkeit mein Gepäck und mich im Gefolge in die dunkle Vorhalle bugsierte. Kein Portier stand hinter der Glastür und nahm mich voll neugieriger Freundlichkeit auf.

Es war vielmehr so, daß der Träger die Gepäckstücke in drei langsamen Gängen vor die Anmeldung warf – und floh. Stille und Tristheit fielen mich an. Meine Fantasien, die mich im Auto beflügelt hatten, betrogen mich, und ich blickte auf Koffer und Taschen, die schäbig und zusammengefallen neben mir hingeworfen lagen. Ein Kadaver – dachte ich und stieß mit dem Fuß an die zusammengefallene Tasche, sah mich um, denn weder im Haus noch in der Empfangshalle tat sich etwas. Eine altertümliche, lastende Schwere, wie sie von ausrangierten Möbeln ausgeht, lagerte im Raum, und es war unschwer zu sehen, daß allerhand moderne Neuheiten nachträglich eingebaut worden waren, die der Schäbigkeit zumindest weiten Raum verschaffen sollten.

Die einfallslosen Erker und Verwinkelungen erzeugten Schatten und Lichteinfälle, die den Eindruck von Schmuddeligkeit und Staub erhöhten. Bleierne Müdigkeit erfaßte mich, die eine Ahnung nicht abwehren konnte, daß mich in dieser Stadt, in diesem Hotel eine unbekannte Art von Leiden einholen könnte, das von Selbstveränderungswünschen wenig beeindruckt würde. Aber gerade meine müde Unachtsamkeit gab mir ein, daß ich hier bleiben werde und daß dieses Hotel, ohne viel von der Stadt zu kennen, nicht allzu teuer sein konnte. Ich bewegte mich gerade entschlossen auf den Empfang zu, drückte, nachdem sich immer noch nichts tat, auf eine runde Klingel, die ein altertümliches Schellen von sich gab. Nach einer ausgedehnten Weile erschien ein bemitleidenswerter Dackel, der sich in Richtung seines Liegeplatzes bewegte: einer gräulichen Hundedecke auf einem Barhocker, der gleich hinter der Rezeption stand. Ohne viel Fantasie war mir klar, daß diese Verwöhnung des unansehnlichen Hundes auf jeden Fall vor den Gästen geheimzuhalten war.

Es dauerte nicht mehr lange, und dem Hund folgte eine unwirsche Person, die noch unfreundlicher wurde, als sie die eklige Decke auf dem Hocker entdeckte, entschieden darauf zuging, mit einem heftigen Ruck die Scheußlichkeit herunterriß und in eine Ecke warf. In der Art, wie sie sich dann hinter dem Tresen postierte und versuchte, erst jetzt für mich sichtbar und anwesend zu werden, verriet die Forderung, diese Schlamperei nicht entdeckt zu haben. Der Dackel bekam einen leichten Fußdämpfer, dann beugte sie sich mit geschäftigem Ausdruck über Eintragungen des Tages, und nun, geschützt von den Hauswichtigkeiten, stellte sie pampig die Frage: »Und – Sie wünschen? Doch wohl kein Zimmer!« Dieser Moment, die Tonlage und die Komplikation entschieden, daß ich mich in jedem Fall hier einzuquartieren gedachte.

Es galt zu kämpfen! Die Herablassung war es, die die

Reste meines Abenteuerinstinktes weckte, ich sagte ebenso entschieden: »Sie haben es erraten! Ich möchte ein Zimmer – und zwar für eine ganze Weile!«

Sie grinste: »Da habe ich doch wohl noch ein Wörtchen mitzureden! Und – was ist, wenn ich überhaupt keine Zimmer mehr habe?!« Diese Art von verschwiegenem Lokalverbot kannte ich gut, und sie stärkte nur mein Vorhaben. »Sie sind doch wohl nicht eine von diesen Reportern?! Die kommen mir nicht mehr ins Haus, und wenn ich ein Hundehotel draus machen müßte!« Amüsiert schaute ich auf den Dackel, der den Hocker anwinselte, als eine Suada von Sätzen aus ihr herausbrach, die ich schon deswegen über mich ergehen ließ, weil ich wußte, daß ich gesiegt hatte.

Die Anstrengung allerdings hatte zur Folge, daß ich noch immer nichts begriff, all die Andeutungen, die offenen Sätze, die außergewöhnliche Stimmung versanken ohne Zeichen und Folgen.

Ich verrannte mich offenen Auges in meiner Blindheit. Die Überredungsarbeit mußte mich unaufmerksam für ihre Sätze gemacht haben, ungefiltert ließ ich Worte passieren wie: Krankheit, Ebola, Sensationsreporter, Urlauberflucht und andere abschreckende Eigenartigkeiten, ohne nachzufragen, nicht einmal Mißtrauen erwachte. Ich stand, als hätte ich eine Verpflichtung, in eine Falle zu geraten, bedauerte sie noch so zustimmend, daß sie meinen Namen eintrug, mit dem Preis herunterging; und, ohne dabei auch nur einen Moment aufzuhören, sich Luft zu verschaffen, geriet sie in eine derart vertraute Stimmung, daß sie sogar mit ähnlich heftiger Bewegung wie vorher die Hundedecke aus der Ecke holte, sie über den Hocker warf, das häßliche Tier eigenhändig hochhob, um es ununterbrochen redend auf die Decke zu plazieren.

Ich hatte erreicht, was ich wollte, sie schaute mich nun an wie eine, die ihr Vertrauen ohne Prüfung erfüllt hat, sagte dann in mütterlicher Aufwallung: »Aber komisch sind Sie schon! Ich weiß, ich weiß ... Sie haben damit nichts zu tun, und Sie wollen auch nichts ... ich glaubs ja! Also – mir solls recht sein, aber so was kommt nicht alle Tage ... aber heut, heut ist ja nichts mehr normal!« Dabei schüttelte sie wie zum Erregungsausklang mit dem Kopf, suchte einen Schlüssel, hielt ihn in die Höhe und rief nach einem Fred, der nun aus einer der unauslotbaren Anbauten auftauchte und mich mit berufsmäßiger Freundlichkeit die Treppen nach oben führte.

Im zweiten Stock gingen wir an einem Fahrstuhl vorbei, und weil er mir leid tat, meine sperrigen Güter so weit schleppen zu müssen, blieb ich davor stehen. Ohne sich umzudrehen oder innezuhalten rief er: »Kaputt! Lohnt nicht!« Endlich gelangten wir in den dritten Stock, er machte Licht, und ich folgte in den langgestreckten Flur, an dessen Ende die Aufbewahrungskammern für Bettwäsche und Reinigungsmittel sein mußten, denn eine Tür stand offen, und ich konnte in ein aufdringliches Weiß gestapelter Bettwäsche blicken.

Ich tat ihm scheinbar leid, freiwillig und für längere Zeit in einem solch ungemütlichen Hotel zu verschwinden, denn er wartete auf mich, ermunterte: »Geschafft!« und ließ einige Zimmer weiter den Koffer fallen. Diese Mitleidsbekundung stärkte mich in dem Gedanken: alles, was ich wollte!

Ohne, daß ich es verhindern konnte, sprach es fast hörbar in mir: allein sein, sparsam bis asketisch, auf jeden Luxus verzichten, sich an den Vorrat der Seele machen!

Nichts anderes war mein Wunsch, und dieser Wunsch sollte sofort in Erfüllung gehen.

Ich gebe zu, daß ich ohne eine Ermüdung durch die Reise, eine Erwartung auf mein Vorhaben den Anblick des Hotelzimmers nur schwer ertragen hätte.

Ein mittelgroßer Raum, der in grauer Abgestandenheit mit freudloser Notwendigkeit einige Möbel beherbergte. Zwei Fenster, die auf einen Hof gingen, dem wahrscheinlich zu keiner Tageszeit mehr Licht entsteigen konnte, denn es baute sich in geringem Abstand eine geschwärzte Hauswand auf, und die schönen alten Bäume hatten sich übermäßig hoch aus dieser Enge erhoben, um in ihren Kronen die Sonne aufzuhalten.

Ich war gefesselt von den nackten, gräulichen Stämmen, deren Kronen und Grün ins Licht geflohen waren, bat den Mann, das Gepäck einfach hinzustellen, sagte, daß es mir gefiele, und bestärkte das noch mit einem: »Ja – wirklich, Sie werden es nicht glauben! Ich danke Ihnen!« So etwas Merkwürdiges war ihm in seinem Leben noch nicht vorgekommen, da war ich mir sicher, und wäre er ein mißtrauischer Mensch gewesen, hätte er an ein geheimes Treffen, eine nächtliche Abtreibung oder an eine Entziehungskur gedacht, so aber teilte er mir sein Erschrecken ganz ungeschützt mit, wagte kaum, die Tür zu schließen, als fielen mich dann die Zimmerungeheuer an, hielt die Klinke in der Hand und sagte beinahe unhörbar: »Ich kann Ihnen alles bringen: eine Lampe, Decken, Handtücher reichlich, alles, was Sie brauchen, sagen Sie nur Bescheid, es ist ja genug Zeugs da, die Gäste ... na – Sie wissen doch, warum!«

Tätig werden! – befahl ich mir und wandte mich von dem tristen, aber nicht reizlosen Ausblick ab, und um einer

Trägheit vorzubeugen, nahm ich mir vor, zuerst die Bücher auszupacken. Es waren nur fünf, mehr hatte ich mir verboten, denn die kleine Auswahl und die Konzentration darauf würden im Einklang mit dem neu Erwählten stehen.

Ich baute die Bücher auf und versprach mir dabei, keinen Gedanken zu notieren, sondern zu lernen, neu wahrzunehmen und alte Geschichten abzuwerfen, eine Dumpfheit aufzulösen, um freier und riskanter zu leben.

Dieses Vorhaben war Ausgangspunkt meiner Reise, und ich glaube, daß ganz in den Tiefen der Ereignisse dieser Wille, mich mit keiner schriftlichen Mitteilung zu trösten, dazu beigetragen hat, die Schweiß- und Nahtstellen der Ungeheuerlichkeiten nicht rechtzeitig zu erkennen.

Bis zu diesem Augenblick jedenfalls war nicht mehr geweckt als meine Neugier, die auch ohne Notieren immer auf Lauer liegt, die sammelt und aufliest, ein Sammeltrieb, der mich von Zeit zu Zeit unter sich begräbt.

Mit einer müden Traurigkeit, ein Gefühl, das mir angenehm ist, schaute ich nach der langsamen Arbeit des Bücheraufbauens noch einmal aus dem Fenster, um mich von außen in das Zentrum meines neuen Heims zu denken. Ein besonderes Licht hatte sich im Innenhof versammelt, gelbliches Hellgrau, das durch das zarte Sonnenlicht, die grünen Blattspitzen und den dunklen Schacht erzeugt wurde.

Es war wie ein Sonntag der Mauern, der schäbig weißlichen Fensterrahmen, der herausgehängten Küchenhandtücher, der Decken, Stoffetzen, kleinen Gardinen, die an den Fenstern klebten. Nur Amseln, hoch oben im leuchtenden Geäst, gaben ein Stimmkonzert und machten die Stille einsam und vollkommen.

Vor jedem Fenster war ein Eisengestell montiert, auf dem die Dinge: Büchsen, Werkzeuge, Eimer, Schwämme und Lappen, irgendwann abgestellt, inzwischen Plunder geworden waren, der nun langsam und ausgesetzt vor den Fenstern verrottete.

Trotzig und gekränkt verharrten sie vor den Scheiben, setzten Todesstoffe an, die sie ganz und gar unbrauchbar machten. Die Dinge sprachen mit mir von den Besitzern, die ausgestorben zu sein schienen, sie sprachen von ihrem Vergehen und der lieblosen Vergessenheit.

Eben wollte ich mich wieder abwenden, als gegenüber Unruhe entstand. Ein Kind hatte mit kräftigem Rütteln und Zerren das Fenster einen Spalt aufbekommen, als eine dunkelhaarige Frau sichtbar wurde, die mit einem Schrei auf das Kind stürzte, es herunterriß, schlug und das Fenster verriegelte.

Der Vorgang ereignete sich in solcher Schnelligkeit, war so irritierend, das Kind, das ein breites, weißes Gesicht hatte, von wildem Haar umgeben, verschwand so merkwürdig im Arm der Schreienden, daß ich den herausgeschleuderten Satz nicht genau erfassen konnte. Dieses helle Gesicht, vom Schreck kalkweiß, das über der Armzwinge noch einmal herausschaute, hatte etwas schneidend Bildhaftes. Das Gesicht ging unter, der schrille, spitze Satz stand in der Luft: »Bist du verrückt, du bringst uns noch alle um!!« Und bei dem letzten Wort war mir, als hörte ich zugleich den Krach, mit dem das Fenster verschlossen wurde.

Deutlich hörte ich, wie der Kinderkörper auf den Boden geworfen wurde, hörte das Geräusch eines Schlags und das Zufallen einer Tür.

Ich hörte kein Geschrei, von dem Kind keine Gegenwehr, aber kurz darauf sah ich wiederum das weiße Gesicht mit dem wilden Haar an die Scheibe gepreßt, als hoffe das Kind, sie zu erweichen, um der Eingeschlossenheit zu entkommen.

Dann beschlug das Glas.

Ich wandte mich in den Raum zurück, öffnete gedankenverloren den großen Schrank, sah die Bügel darin hängen, eine wirre Ansammlung von Holz-, Plastik- und Draht-Kleider- und Hosenbügel, erhenkte Gestelle, die in diesem wichtigtuerischen Möbelstück eine traurige Komik verbreiteten, als hätten die Kleidungsstücke die Flucht ergriffen. Darüber vergaß ich, was ich gehört hatte, vergaß das weiße Gesicht und packte mit einem Anflug von Heiterkeit meine Koffer aus und nahm den Raum in Besitz. Nachdem ich die Reiseutensilien: Bücher, Waschsachen, Schuhe, Kleidungsstücke, Zeitschriften, verteilt hatte, gewann der selbst karge Raum eine zurückhaltende Freundlichkeit. Ruhe fiel über mich, und ich legte mich aufs Bett, um die Matratze zu prüfen. Das Bett war gut, die Matratze wenig durchgelegen, sie trug hart und steif, und ich wußte, den Schlaf würde ich dieser Härte abgewinnen müssen. Ich schloß die Augen und überließ mich dem Gefühl, daß alles aus mir wich, eine unglückliche Spannung sich löste, die meinen Blick auf Kommendes freimachte, dem Wollen zum Alleinsein Fülle gab, daß ich zu spüren glaubte, wie ich mich liegend, dösend und lauschend in eine Weite des Verborgenen ausdehnte. Ich hörte nur mein ruhiges Atmen, und die Geräusche jenseits des Raumes entfalteten ihre stille Kraft, wieder die Amsel, ein leises Streifen des Windes, vielleicht das Weinen des Kindes, und wie aus einer fernen Welt: Motorengeräusche.

Die beruhigende Wirkung des Geräuschpegels lullte mich ein, der hohe Zustand verwandelte sich in blanke und banale Müdigkeit, die ich nicht wollte. Entschieden sprang ich auf, zwang mich hinauszugehen, um eine typische Kneipe der Umgebung aufzusuchen. Ich legte abgezählt mein Geld für diesen Tag bereit, eine Summe, die ich nicht überziehen wollte, da ich immer wieder erlebt hatte, daß eine selbstauferlegte Sparsamkeit die Konturen alltäglicher Gewohnheiten schärft.

Die Stadt

Es war noch nicht Abend, aber die Stadt hatte etwas Entrücktes. Eine lange Geschäftsstraße leuchtete für niemanden, Reklame, Schilder, Anpreisungen und die grellen Schriften arbeiteten ganz und gar für sich allein. Außer zwei Hunden, die sich über einen umgekippten Mülleimer hermachten und den Inhalt verteilten, wirkte die Straße so verlassen, als würden Tag für Tag Kaufende, Arbeitende und Spaziergänger aus einer fernen Gegend eingefahren, um die wilde Installation von Licht, Werbung und Luxus, von Kaufen und Verbrauchen in Gang zu halten. Und wieder überkam mich Irritation beim Anblick der unzähligen ausgestellten Waren, eine ungute Art der Wiedererkennung. Die Schuhe hier hatte ich doch schon gesehen, diese Gläser, die bedruckten T-Shirts, ja – ganze Dekorationen von gleichen, unnötigen Dingen, die ich da und dort und immer wieder gesehen habe. Die Dekorationen, Lichter und Dinge verbreiteten eine Vertrautheit, ohne daß ich mit einem Menschen gesprochen hätte, eine oberflächliche Beruhigung und Beheimatung, die jeder fremden Umgebung das Eigene raubte, die Häuser, Straßen, Einkaufszentren, eine ganze Stadt zu etwas Austauschbarem machte, das mir seit einiger Zeit immer häufiger das Gefühl des Unwirklichen gab, und ich vergaß, wo ich war, wie der Ort hieß, wie spät es war, welcher Wochentag, wozu ich das alles sah und erlebte.

Und es war mir nicht selten passiert, daß ich wie betäubt stehengeblieben war, eine Uhr suchte, weil ich der eigenen mißtraute, sie ans Ohr hielt oder so lange auf die Zeiger starrte, bis sie sich bewegten und mir zeigten, daß die Zeit zwar gleich, aber daß sie nicht stehengeblieben war in diesem Vakuum von Raum, Gegenständen und Gefühlen. Aber heute grüßten die altbekannten Ausstellungsstücke und versicherten mir, daß ich angekommen war, wenn auch anderswo, aber dennoch angekommen in der Heimat der gleichen Dinge, und daß hier Menschen lebten, die eine Sprache sprechen werden, die mit meiner Wiedererkennung zu tun hatte.

Versunken in den Anblick einer Dekoration, die an Biederkeit und Unnötigkeit nicht zu überbieten war, wäre ich um ein Haar gegen einen Brunnen gestoßen, der sich unversehens aus dem Steinigen vor mir erhoben hatte.

Ich blieb stehen, angezogen von einer üppigen weiblichen Steinfigur, die mit ihren Schenkeln und Armen so im Kampf mit einer Riesenschlange verwunden war, daß Schlange und Leib nicht voneinander zu unterscheiden waren. Während ich noch hoffte, die Menschen, die ich hinter den beleuchteten Fenstern vermutete, wären dieser Wasserspeierin nicht ähnlich, rasten unweit von mir, in heftiger Folge und mit heulenden Sirenen, mehrere Notfall- und Polizeiautos vorbei.

Die allesdurchdringenden Töne erschreckten mich, ich hielt den Atem an und konnte an nichts anderes denken, als an eine unsichtbare Katastrophe. Wo kamen die Menschen her, die in rasender Geschwindigkeit, mit Blaulicht und Sirene transportiert wurden? Der aufwühlende und ununterbrochen sich in die Stille hineinfressende Sirenenton erreichte einen Höhepunkt, als die Kolonne aus Krankenwagen und Polizeiautos nun den Platz von einer Seitenstraße her umkreiste, auf dem ich erstarrt stehengeblieben war, mein Herz schlug in wildem Takt, den ich im Kopf zu fühlen glaubte. Ich riß den Mund auf und konnte schmerzhaft verfolgen, wie das Herz, der Kreislauf, die Atmung der Erregung nachfolgte, die Ordnung der Organe durcheinandergeriet.

Mir war, als bestände ich aus unzusammenhängenden Organen, die den Ausbruch der Erregung benutzten, um mir die Gefolgschaft aufzukündigen. Gleichzeitig versetzte mich der betäubende Lärm in eine Art Verzückung. Eine gefährliche Stimulanz, ein Adrenalinschub, der sich als Schrei entfesselt, um in einen Kampf zu stürmen, in den Tod?

Noch fasziniert von der Botschaft meiner Erynnien, klammerte ich mich an das Bild des häßlichen Brunnens, als sich eine Tür öffnete, die auf einen Wohnhinterhof führte. Eine Frau hielt die Klinke in der Hand und schaute mit ausdruckslosem Gesicht, erst auf mich, dann auf den Brunnen, dann in die Höhe, als suchte sie den abgezogenen Lärm, und schloß die Tür.

Ich rief nun laut: »Guten Tag!«, so daß die Frau die Tür noch einmal mit derselben Geste, mit derselben Ausdruckslosigkeit öffnete, sich umsah, als sei niemand da, und ohne einen Ton die Tür schloß.

Die überfallartige Menschenrettung und andererseits die Ausgestorbenheit verwirrte und beängstigte mich so, daß ich entgegen aller Gewohnheit auf die Tür zusprang, mit der Faust dagegenhämmerte, noch einmal rief.

Aber ich hörte nichts, nicht mal Schritte. Um mich zu beruhigen, suchte ich nach Namensschildern, denn ich dachte, vielleicht ist es ein Altersheim, ein Krankenhaus, ein verschlossener Erholungsort. Da waren aber nur Namen versammelt, die artig in Reih und Wort standen und ein ganz normales Wohnmietleben verkündeten.

Ein Schnaps würde helfen, um die Verwirrung zu beruhigen, und ich schritt aus, um wenigstens meinen Schuhschlag zu hören.

Endlich entdeckte ich ein Lokal, es war in eine Reihe älterer Häuser hineingedrückt und trug die einladende Aufschrift: DESTILLE. Ein dunkler, trüber Raum, in dem ich nur die endlos lange Holzbar ausmachen konnte, dahinter eine uralte, bis an die Decke reichende Holzverschalung, in der Flaschen, Gläser und Fäßchen wie eingebaut und säuberlich dekoriert standen.

Ein paar Tische mit Stühlen, hohe Barhocker, von anderen Zeiten zeugten Pokale, silberne Pferde, Vereinsauszeichnungen und Luftbilder eines Stadtausschnittes.

Ich wählte einen Platz im Schutz schummriger Beleuchtung an der dunklen Holzwand, um die Gäste studieren zu können. Die Kneipe war erstaunlich gut besucht, ich fragte mich, wie die Menschen hierhergekommen waren, durch welche Straßen, zu welcher Zeit, auf welche Weise.

Zwei Frauen fielen mir auf, eine bediente den Zapfhahn, die andere, offensichtlich geduldet, weil sie nur ein Häuflein ihrer selbst war, hockte zwei Tische von mir entfernt und hatte große Mühe, nicht den Kopf auf den Tisch sinken zu lassen.

Meine aufdringliche Fremdheit in diesem Lokal veranlaßte sie aber, mit einem spastisch ungelenken Hochreißen den vollkommen klaren Satz von sich zu geben: »Dich erwischts auch noch! Niemand, nicht einer, entkommt!«

Danach sackte sie gefährlich tief der Tischplatte entgegen, stoppte den Fall im letzten Augenblick und lallte: »Grete!«, und hielt das Bierglas hoch.

Ganz hinten saß eine Männerrunde, die wortlos mein Hereinkommen quittiert hatte, in der Erwartung, ich werde sofort die Flucht ergreifen. Als ich mich bequem hinsetzte und ein Bier und einen Schnaps bestellte, erhoben sie abgrenzend die Biergläser, steckten die geröteten Köpfe zusammen, sahen sich bedeutungsvoll gegenseitig an, schickten dann einen langen Blick in meine Richtung, schlossen wieder den schützenden Kreis und riefen, nun sichtlich munterer: »Komm mal rüber, Mädel!« Nachdem ich: »Komm du doch!« zurückgerufen hatte, setzte sich eine faule Feigheit durch, und sie vergaßen mich. Ich war erstaunt, welch gemischtes Volk sich hier niedergelassen hatte, nur die Lethargie, die Kontaktlosigkeit war ihnen allen gemeinsam. Obwohl ich allmählich eintauchte in das Entrückte eines Gleichmutes, nahm ich mir doch vor, hier nicht zu bleiben, denn der Grund, warum ich mich gern und lange an solchen Orten aufhielt, war die sehnsüchtige Neugier nach einer geheimen, verdrängten Lebensstruktur einer jeden Person, dem Gierigen, Kindischen, Streitsüchtigen und Selbstzerstörerischen, das durch eine bestimmte Menge von Alkohol entfesselt aus dem Körper tritt und sich austobt. Richtige Kneipen, so dachte ich, mit einer Wirtin, die Nacht für Nacht die alkoholisierenden Getränke austeilt, sind Asyle, Nachttheater, in denen die Trinkenden Aderlaß suchen von quälenden Manien und Lebenslügen, und sie, die Wirtin, ist die Wächterin dieser Nachtseite.

Aber eine Aufführung des Verborgenen fand nicht statt, es schien eher, daß der Alkohol die Kontrolle verstärkte, sie tranken traurig und stumm in sich hinein, und nur ein Gähnen verriet, daß sie noch nicht schliefen.

Ich war schon müde und gelangweilt, daß ich nicht bemerkte, wie und wann sich ein Mann vor meinen Blick baute und mir so ins Gesicht sprach, daß ich überrumpelt zuhörte: »Na – los! Prost! Trinken Sie schon! Nicht so zimperlich! Runter damit!« Und statt abzuwarten, bis ich mein Glas ausgetrunken hätte, nahm er es mir aus der Hand, stellte es auf den Tisch und redete weiter in mein Gesicht: »Ach – Sie glauben, Sie sind etwas anderes, Sie nicht, nein – Sie sind verschont, Sie gehören zum Polizei- und Wachpersonal des hellen, des vorgeschriebenen Bewußtseins. Als Spion kommen Sie hierher, und was nicht so erscheint, nicht so ist wie immer, wie das die Dame kennt, ist Delirium, Abseite, Kehrseite, die kurze und heftige Höllenfahrt kleiner, dummer Leute! Nicht wahr, so ist es doch! Die Kneipe ist doch für Sie die Puffkammer, das Ausstellungsbordell der durch und durch Impotenten! Nein – sagen Sie bloß nichts, halten Sie die Klappe!«, dabei packte er mich am Unterarm, hielt mich fest und redete scharf weiter mitten in meinen gebannten Ausdruck: »Hier, aber hier ... nein, nein – Sie sind fremd hier, Sie kennen hier nichts, gar nichts ... hier ist alles anders, das kriegen Sie mit Ihren Schauerchen, mit ihren klugen, naiven Äuglein niemals heraus! Sie sind verlorener als alle, die hier ihre Zeit absitzen, Sie glauben nämlich, daß Ihr Verstand, das approbierte Bewußtseinsschutzmittel, Sie an der Leine führt. Daß ich nicht lache! Sehen Sie sich richtig um, sehen Sie hin, alle ... alle, alle ...«, und dabei riß er an meinem Arm und wachte darüber, daß ich eine Blickrunde machte, was ich tat, da ich von seiner Unverschämtheit gefesselt war: »Na! Was haben Sie gesehen, was?! Nichts

... nichts sag ich Ihnen! ... Es ist schleichend, so leise, so unaufhaltsam und heimtückisch, daß es niemanden, niemanden ... sag ich – interessiert. Die entscheidenden Dinge und Veränderungen – die geschehen schmerzhaft schnell, deutlich, endgültig! ... Aus dem kleinen Grauen schlüpft das große heraus, man kann es berechnen, alle skizzieren das Monster: der menschlose Mensch, das tierlose Tier ... das Monster Zukunft ... es steht vor Augen, präzis errechnet! Und dann kriecht es hervor – als eben genau errechnetes Ungeheuerliches, aber es ist nicht ungeheuerlich, es stimmt ja!! – es ist nichts anderes als die fehlerlose Vorausberechnung ... AMEN! Und dann wird das Monster, dieses im digitalen Netz gebändigte Monster, herausgeführt, uns vorgeführt, mitten ins Bild, in den Bildschirm, und wir sehen es – immer wieder, immer wieder, und immer wieder ... ja – es ist dieses Monströse, das wir aber berechnet haben, wir sehen es an der Kette der Berechnung, mitten im Bild ... und dann! ... Ja, dann ist es verschwunden ... das Grauen ist verschwunden, einfach unsichtbar, und weg! Aber wohin??«

Ich wollte mich gerade befreien, etwas sagen, da hatte er mich schon wieder im Griff: »Und alle, und auch Sie – ja, Sie nicht ausgenommen – taumeln heimwärts, angefüllt mit dieser herbeigesehnten Müdigkeit, wollen versinken in dieser Lebensmiefkoje, die Schlaf heißt, Vergessen, Linderung, Erholung, und sehnen sich nach dem Traum ... ja – der Traum muß her, die Sicherheit, daß da noch etwas in uns ist, wie – ach, Scheiß drauf ... drauf ... wie Unterbewußtheit, ja – ja – das zweite Sicherungssystem des überaus genialen und wahnsinnigen Menschen, die Heimstätte der abgestellten Triebe, nichts Geringeres als ... Ja – hören Sie gut zu, stellen Sie Ihre Lauscher auf ... eine zivilisatorische

Schimäre ist es, dieses, was da unter dem Bewußtsein liegt und uns trägt und schützt, Beweis ist dafür, daß der Höhepunkt der Kultur so hoch ist, daß wir noch im Fall, im Schwindel, den wir spüren, ja – spüren, sehen, riechen und schmecken – weich fallen wollen! ... Wissen Sie, was hier passiert ... hier ... nicht weit, nicht weit weg! ... Dieses Kuschelkissen ist ein Sarg geworden! Dieses vielgepriesene verhöhnte, furchtvoll im Gefängnis gehaltene Unterbewußte ist dahin, hat ade gesagt, hat die Flucht ergriffen ... AMEN!« Endlich kam die Wirtin, um mich zu befreien, als er sich ein wenig erschöpft über meinen malträtierten Arm beugte, mir die Hand küßte und drängend, aber amüsiert, erneut anfing: »Glauben Sie mir, ich wünsche Ihnen gute Träume, wenn nicht gute, dann wenigstens einen Traum, einen Traum, der sie hinabführt in den Lichthof Ihres Vor-, Nach- und Jetzt-Lebens, einen Traumhof, der Sie umhüllt, der sich anschmiegt, von dem Sie sicher sein können, daß er das Hinterland, das Echo Ihres Werdens ist, die Wachstumsschmerzen wispern und flüstern, ach ja! Ja – doch ... und die rührenden Fotos aus der Kinderzeit vor sich hin bleichen ... während draußen in der grausamen Welt, so denken Sie doch, so denken Sie noch, so träumen Sie dahin ... Ihre Zwillingsschwester, die Nichtschlafende, geborgen bleibt ... Nein – der Traum ist kein Feind, kein Mörder, nicht das gähnende Nichts ... so denken Sie, ach – ja ... so hoffen Sie alle noch! In Wirklichkeit ist der Traum schon der Abschied, er ist ein Winken mit der Menschheitswindel, er ist der Kuß des Vampirs aus dem Totenreich ... Wir stürzen hinab ... plumps ... abwärts, gurgelnd runter, hinein in dieses Nichts!« Und nun schaute er mich an, wie jemand, der mir alles erdenklich Gute wünschte: »Ja ... ja – auf vier Füßen verschwinden wir in dem Humus des Kreatürlichen, wau ... wau ... wau ... oder sitzen brav zu Füßen des ehemaligen Herrchens Mensch ... denken wir, glauben wir! Adieu – meine Zuhörerin, und halten Sie sich fest am Seil fest, an diesem ausgeleierten Muskel Bewußtsein, damit Sie nicht ertrinken, hören Sie! Werfen Sie den Sattel fest aufs Pferd, halten Sie sich, damit Sie nicht abgeworfen werden und zwischen die Synapsen fallen, wo sich die letzten schüttren Lernreflexe aneinander festklammern!«

Und plötzlich richtete er sich auf, eine gefährlich wakkelnde Höhe erreichend, und mit erhobenem Zeigefinger rief er in die Runde: »Hütet euch, der Traum kommt als Feind zu euch! Und nun – Gute Nacht meine, Verlorenen!«
In diesem wonnevollen Pathos beugte er sich stehend über seinen Tisch, erhob sein Glas und grüßte die dumpf vor sich hin Brütenden mit der Gewißheit, daß sein Auftritt von allergrößter Wichtigkeit war, schaukelte nun ein wenig mehr mitsamt Tisch, griff nach seiner Jacke und verließ, in einer ungeheuerlichen Pause, die schon, so fiel es mich plötzlich an, dieses tiefe Nichts sein konnte, von dem er gesprochen hatte, das Lokal.

Draußen herrschte eine Stille, die wie eine Siegerin über der Straße, der Nacht und der Dunkelheit lag. Hoch oben stand die schnittscharfe Sichel des Mondes, umkränzt von einigen spitz funkelnden Sternen, der Himmel ruhte über dem Ausschnitt der Straße wie eine samtene Decke, und die selige Ferne löste in mir ein waches Gefühl von Freude aus, das sich sofort in Heißhunger verwandelte. Ob es der beißende Hunger war, der mich plötzlich mit der Gewißheit erfüllte, daß ich erst jetzt, mitten in der Nacht angekommen war, angekommen in dieser Verlassenheit, die sich mit der in mir verband und mein Innerstes weit und leer machte, daß ich nicht wußte, ob es Schmerz oder Glück oder Hunger war, und ich mitten im Gehen stehenblieb, den kühl vor sich hin blinkenden Himmel anstaunte, um mir selbst den Satz zu sagen: »Das ist es, alles, was du wolltest!« Vor meinen Augen stand der Mann mit seiner rätselhaften Rede, mir war, als hörte ich seine Stimme, den selbstgewissen Tonfall, und ich versuchte, die Sätze abzutasten. Unvermittelt überkam mich ein Schaudern, eine Drohung, daß ich mich an eine Hauswand lehnte und nicht verhindern konnte zu denken, was geschähe, wenn ich mich täuschte und keiner Erneuerung und Klärung entgegenginge, ich schon jenes Ich, dieses Selbst, von dem er sprach, verloren hätte, das Unterbewußte nichts mehr als eine Spiegelung? Eine Nachricht drängte sich mir auf, die ich am Tag zuvor im Radio gehört hatte, in der davon die Rede war, es gäbe einen Chip, eine Software für den Kopf, die, in das Hirn transplantiert, den kläglichsten Satz anreichert mit dem höchsten, dem kompliziertesten und komplexesten Wissen. Diese Möglichkeit erheiterte mich, und ich versuchte mir gerade vorzustellen, von welcher Beschaffenheit und Konsistenz die Restgefühle sein müßten, daß sie Antrieb und Zündstoff blieben, das filigrane und feinnervige Wissen des Chips überhaupt freizusetzen und abzurufen. Würde diese technische Prothese sich von selbst in dem Wust der unaufgeräumten, abgenutzten Gedankenlandschaften einen Zündfunken suchen können? Oder würden die abgewirtschafteten Träger, die zu keinem elementaren Gefühlsblinken mehr fähig wären, einen Banalauslöser eingebaut bekommen? Auf einmal erfaßte mich die Vorstellung, daß versehentlich das Technik-Transplantat in einem Träger rückwärts läuft, die Buchstaben, die Wörter und Sätze durcheinanderfallen, den

Träger umreißen und die Wucht der nach rückwärts gerichteten Ausrufe, Formulierungen und Feststellungen einen tiefen Krater in den Boden schlagen, in dem der Wortspeiende von seiner eigenen unendlichen, rückwärts rasenden Sprechflut verschlungen wird.

Ich dachte, solange ich noch in der Lage sein würde, das kuriose Bild vor Augen zu haben und zu wissen, daß ich es bin, die diese Kuriosität zur Selbstaufführung bringt, kann ich mir noch nicht in der echolosen Weite meiner Bewußtlosigkeit abhanden gekommen sein.

Erst jetzt merkte ich, daß der Mond ungewöhnlich scharfkantige und fest umrissene Schatten warf.

Die Straße war erhellt von gefährlichen Verdoppelungen, die mich zwangen, so zu gehen, als müßte ich mit jedem Schritt ein Hindernis überwinden.

Von weitem erkannte ich den Brunnen, dessen vulgäre Häßlichkeit von der überirdischen Schärfe des Mondlichts aufgehoben wurde, das Wasser war abgestellt worden, denn die Brunnenringerin stand fest und trocken in der Mitte und hielt sich nun – so wirkte es – am aufgerichteten Kopf der Schlange fest.

Aber da war noch etwas anderes, wie eine Nebenfigur, zwei Gestalten, die eng aneinandergesetzt schienen. Es war kein Trug: Neben der steif stehenden Walküre hockten zwei Gestalten, ineinandergekrochen und wie zu einer einzigen verschmolzen.

Sie hätten mich hören müssen, in dieser hellwachen Stille. Die beiden Wesen regten sich nur aneinander und schienen nichts als sich wahrzunehmen.

Ich versuchte, mich wie selbstverständlich an die menschliche Figuration heranzumachen, wechselte also nicht meinen Schritt, nicht die Lautstärke und Schnelligkeit. Mein Nahen löste nicht die geringste Reaktion aus, die beiden blieben ohne einen Laut, so meinte ich, ohne ein Anzeichen, daß sie mich bemerkt hatten.

Die ineinander Verschlossenen lösten nicht Entsetzen aus, ihre Verschmelzung, ihre scheinbar vollkommene Teilnahmslosigkeit straften und verhöhnten alles aufdringlich Vorhandene, ja – selbst die sparsame Romantik der Nacht wurde zu etwas Wichtigtuerischem und künstlich Erzeugtem.

Ich mußte stehenbleiben, denn ich glaubte, daß mein Atmen jetzt hörbar wurde. Vorsichtig wich ich ein Stück zurück und landete wiederum an der Tür, die mich schon einmal ausgeschlossen hatte.

Mit angehaltenem Atem versuchte ich, der Stille leiseste Geräusche abzulauschen. Der Mond stand als helle Sichel über einem Wirrwarr von Antennen, beleuchtete den Brunnen, der silbrig glänzte, als wäre es nun der Schweiß der Üppigen, die auch nachts ohne jede Erfrischung den lautlosen Kampf fortzusetzen hatten. Für einen Moment war ich unvorsichtig, es polterte an der Tür, und mir entwich ein leises Stöhnen, schnell verbarg ich mich in dem Türrahmen, der kein Schutz sein konnte.

Nun mußten sie mich unweigerlich gehört haben, ich duckte mich und schaute mit aufgerissenen Augen in die Richtung der beiden. Und jetzt vernahm ich ganz leises Gelispel, Gezischel, begleitet von unhörbaren und minimalen Bewegungen. Es sah aus, als pflückten sie etwas von ihren Körpern ab und steckten es in den Mund. Die beiden Köpfe, deren Umrisse deutlich zu sehen waren, näherten sich abwechselnd, die Hand suchte in großer Langsamkeit im Haar, am Hals oder im bleich erhellten Gesicht, pickte herum, um dann zum Mund geführt zu werden, nun wechselte der Kopf, das Gesicht, die Haltung. Etwas Abwegiges und Gräßliches überkam mich, und trotz der Komik entwich mir das Wort: »Hilfe!«

Eine Eiseskälte überfuhr mich, und mir war, als begriffe ich die Rätsel, die der Mann angedeutet hatte, als stünde ich verlassen in einer Nacht, die nur mir galt, in der ich selbst und mit ihr verschwände.

Und nun hörte ich auch etwas, sie regten sich nicht nur, sondern ich vernahm einen Tonteppich von gleichmäßig wohlklingenden Lauten, kein Wort, das ich verstand, keine Silbe, die herausbrach und Bedeutung setzte, nur eine Art von Singsang, Murmeln und Tuscheln. Ununterbrochen war diese unverständliche Lauterzeugung dem abstrusen Tun unterlegt.

Ich wagte dieser schrecklichen Ahnung keine Fragen entgegenzustellen, die Unheimlichkeit, die mich wie ein Frösteln packte, ließ mich noch einmal das Wort: Hilfe! ausstoßen. Und ich lief nun, alle Vorsicht fallenlassend, die Straße entlang in die Richtung des Hotels, immer verfolgt von der Eingebung, daß diese Nacht mir den Riß aufgetan, den Riß zwischen technischer Verkünstlichung und Sturz in das, wovon der Mann monologisiert hatte.

Ich hatte dennoch den Mut, mich im Laufen umzudrehen, so, als müßte ich diese Erscheinung als eine Sinnestäuschung zurücklassen können, aber sie saßen in der gleichen Verschränktheit und in einer gleichmütigen Nacht.

Während ich den Hintereingang suchte, der des Nachts zu benutzen war, kam mir doch der Gedanke, daß ich nichts haben würde, was mich rettete, als diese Merkwürdigkeiten, die mich anfielen, zu notieren, die mir niemand glauben würde und wird, um von mir wenigstens einen

Abdruck für eine Zeit zu hinterlassen, die sicherlich meine nicht mehr sein würde. Die Erbarmunglosigkeit des Denkens säuberte das verwirrte Hirn. Endlich oben, erschien mir die Hotelhäßlichkeit wie eine Erlösung, ich machte das Licht an in dem langen, verlorenen Flur, die Lichtkette raste vor mir her, und ich folgte ihr in ihrer Flucht nach vorn bis zu meinem Zimmer.

Indem ich aufschloß, die Tür anzog und an ihr rüttelte, hatte ich das Empfinden, daß alles Leben der Hotelbesitzer sich zurückgezogen hatte, nur eine Abgeschiedenheit war zurückgelassen, die sich im ganzen Komplex ausbreitete, als müßten die Eindringlinge und die Fremden mit der kargen, schäbigen Einsamkeit auf immer allein bleiben, während sie in wohligeren, heimischen Räumen, einem Zuhause weilten.

Ich schloß die Tür hinter mir, die Armseligkeit des Zimmers umfing mich, ich zog den verwaschenen Baumwollstoff vor das Fenster, sagte laut vor mich hin: »Alles, was ich wollte!« Wenn sich auch schon während des Sprechens etwas einschlich wie eine deutlichere Sprache, die sagte: »Alles, was ich nicht wollte!« Vielleicht war es die Furcht, die Sätze des Mannes in der Kneipe, die Ungeheuerlichkeit am Brunnen, daß ich wahllos und wild nach etwas Eßbarem suchte. Dabei wußte ich genau, daß ich die letzte Süßigkeit längst gegessen hatte.

Meine Wut über das sinnlose Suchen und den Zerstörungsdrang, der gleichzeitig einsetzte, ich wie wild alles vorher Aufgeräumte durcheinanderwarf, ließ mich aber vergessen, daß ich eigentlich einen Schauder abzuarbeiten entschlossen war.

Dann warf ich mich aufs Bett, mitten in die Wüstenei, die ich angerichtet hatte, war gierig hungrig und von einer

Ratlosigkeit, die mir lieb war. Ich griff nach einem der Bücher und las, mit zunehmender Ruhe und Gleichgültigkeit mir selbst gegenüber, mehrmals den Satz: »Du weißt, Lebedos ist ein Winkel verlassener als Gabies und Fidenes. Trotzdem möchte ich dort leben, die Meinen vergessen, auch vergessen von ihnen, vom Land aus das fern rasende Meer anschauen.«

Ich lächelte in mich hinein, ließ das Buch aufs Bett sinken und spürte eine weit, weit zurückliegende Verwandtschaft, die Sehnsucht danach, sich auszusetzen und doch mit der Sammlung von Erinnerungen wieder eine Heimat zu bauen.

Auf einmal hörte ich das ersehnte Meeresrauschen, die Winde meines Atmens, die Arme der Nacht nahmen mich auf, die gestreckten Glieder wuchsen und wuchsen, wurden zu unerhörten Ballons, die mich emportrugen, mich endlich meinem Bewußtseinsstrom entrissen, wohlig schaukelten und mich schwindelig und schläfrig machten.

Da kam auch schon die Leiter des Traumes, und ich stieg auf den Sprossen auf oder ab, über mir die Kuppel eines endlosen Indigoblau, mit Sternen, die aus Auge, Mund und Nase kamen, sich aufschwangen in dieses süchtige Blau, dem ich folgte, nachschwebte und so wundersam meinem Hunger, der Verwirrung und der Härte der Matratze entkam.

Mein Vertrauen in den Traum wurde gleich drauf, ohne daß ich mich zur Wehr setzen konnte, bestraft, das Blau, die Sterne, ich selbst stürzten herab, die Leiter zerbrach und raste in panischer Schnelligkeit der Erde entgegen, ich hielt mich noch taumelnd zwischen den Sprossen, bis sie, das ganze Firmament, in die Tiefe gerissen wurde, unaufhörlich tief, und ich folgte in der Aufgerissenheit meines Mundes.

Plötzlich stand ein entsetzenerregender Laut in der Atmosphäre, die Dunkelheit umschloß mich, der Himmel, eben noch indigoblaue Sehnsucht und Flug, barst in einem Knall, warf sich als eiserner Deckel auf eine Grube, schloß mich ein ins Schwarze. Ein vorsichtiges Licht wuchs um mich empor, über mir erblickte ich den Deckel, der als Meer, das ich eben noch rauschen gehört hatte, stillestand.

Die Menschen des Tages, das Ehepaar aus dem Zug, der monologisierende Mann, die Wirtin, die Straße, das Haus, der Mond und die Kirchen waren umgekippt, standen wie gallert um mich herum.

Wir alle und alles auf dem Kopf, umwuchert von Grün, Gras, Schilf, Gräsern und Kräutern, die prächtig leuchteten, doch aller Lauf, die Bewegung des Windes, des Sprechens, des Tuns vom Gallert überzogen und zum lautlosen, trügerischen Abbild geworden.

Hotel. Nacht

Eben begann ich, mich gegen den Einschluß im Traum zur Wehr zu setzen, als ich ein Poltern vernahm, ein Schleifen, Zerren und Schleppen, Schritte, die, heimlich und leise gesetzt, immer wieder entglitten, dann laut zu hören waren. Eine reale Bedrohung wälzte sich über meinen Traum, ich schlug die Augen auf: noch alles nächtlich, aber dann hörte ich mit der Präzision des Schreckens, daß unweit von mir – es mußte das Zimmer des neuen Anbaues sein – mit ungewöhnlicher Heftigkeit aufgeschlossen wurde, dann mit Schieben, Flüstern und einigen ausgerutschten Lauten etwas sich in den Raum schleppte, allerlei Gegenstände ihren Platz wechselten, und kurz bevor die Tür ins Schloß fiel, hörte ich deutlich: »Halten Sie den Mund zu, und aufs Bett, und gleich die Klamotten runter! Nein – nicht auf den fetten Bauch, mein Gott!!« Dann eine zweite Stimme, zischend und aufgebracht, dennoch war sie wesentlich schwerer zu verstehen, ich mußte mich aufrichten: »Nicht in dem Ton! Ein für allemal! Vorsichtig ... wenn die erst wieder zu sich kommt!« Danach wurde deutlich etwas in einem Bett herumgewälzt, ein Licht aus- oder angemacht, danach flogen Schuhe in Ecken, dann war unüberhörbar, schon weil ich hungrig und durstig war, daß eine Flasche entkorkt wurde, worauf bald nur noch Murmeln zu vernehmen war.

Ich war mir sicher, daß es sich um zwei Männer und eine Frau handeln mußte, die nicht gut behandelt wurde. Ich lauschte, es war aber jetzt nicht mehr zu verstehen als gemächliches Reden. Von dem Raum ging nun eine ganz gewöhnliche Besetztheit aus, nichts verriet mehr die Erregung, die mich eben noch wachgerissen hatte. Wieder versuchte ich die Räume abzuhorchen. Stille. War ich einer Vision erlegen, gingen Traum und Wirklichkeit in schlechte Bilder über? War es mein Hunger, die gierige Wachheit, die mich in Täuschungen führte, hin- und herriß? Sah und hörte ich Chimären, die mir mein aufgerührtes Bewußtsein in den Geist setzte? Trotz der Müdigkeit, Schwäche und Unwilligkeit überkam mich eine aufglimmende Verantwortung, schließlich handelte es sich um eine Frau, vielleicht um eine hilflose Frau. Langsam wieder in Schlaf gleitend, lauschte ich immer noch, es war aber eher ein unbeherztes Wachehalten, denn ich hatte vor, endgültig einzuschlafen und die erneute Irritation und Gefahr auf den nächsten Tag zu verschieben.

Erwachen

Ein Stimmkonzert der Vögel weckte mich. Ich lag steif und rührte mich nicht, um die wonnevolle Begegnung mit diesem Erwachen der unzähligen Vögel nicht zu stören, das Zwitschern, Zirpen, Schnarren und Locken ohne einen einzigen tagschmutzigen Gedanken erleben.

Ohne zum Fenster zu schauen, wußte ich, daß die Dämmerung gerade in Helligkeit überging, ich wußte, daß in jenem traurigen Hinterhof die hohen Bäume mit ihren lindgrünen Blattspitzen die Vögel tragen. Girlanden, wogend und wiegend, zirpende Stimmbahnen fielen den Hof herunter, zogen sich in die Höhe, wieder am Fenster vorbei, webten wieder neue und andere Tonleitern, die sie durch die Luft schwangen, ein dichtes, endloses Gewebe von Tönen warf sich ins Zimmer, über mein Bett. Es war überwältigend zu hören, mit welchem Eifer, mit welch einem Schnarren, kehligem Drücken, Zischen, Krakeelen, Rollen und Singen jede einzelne, winzige Kreatur das Aufstehen der Natur, ihre Unberührtheit besingt und sie schwingend sich zuzwitschern.

Und während sich das dichte Stimmennetz über mich warf, verlor ich mich an die Ewigkeit, und sie ließ mich für einen Lidschlag eintreten, ich wurde ihr staunender Gast und beschenkt mit dem Glück der Sterblichkeit.

Ich konnte hören, wie langsam und steigend der Tag, die Geschäftigkeit, diese heimliche, wundersame Botschaft ablöste. Zuerst wurden Pakete in Straßen abgeworfen, eilende Schritte strebten aus verschiedenen Richtungen auf die Hauptstraße zu, Autotüren wurden zugeschlagen, scheppernde Rollos hochgezogen, eine Frauenstimme rief aus dem Fenster, dann nur noch Autotüren und Motorengedröhn, ein monotoner Krach, der alles einebnete. Der Aufmarsch hatte begonnen, die künstliche Zeit zieht in den Krieg gegen die Stille, das Verborgene, Zarte, Zurückweichende, und übrig bleibt der Angriff: der Lärm, der Gestank, die Lieblosigkeit, die Hetze, der Haß, die Fühllosigkeit und Sinnlosigkeit.

Danach hörte ich zum ersten Mal den Dackel bellen, die Feuer-Zwischentüren mußten offen sein, denn ich vernahm das Klappern von Schlüsseln und das untrügliche Anzeichen des Erwachens von Menschen im Hotel: die Toilettenspülung.

Ich zählte, es konnten kaum mehr als vier Personen übernachtet haben, dachte an die Unwirtschaftlichkeit und hoffte, daß sie das Manko nicht am Frühstück einzusparen versuchte.

Von nebenan nichts, nicht einmal das Geräusch von Wasser. Ich nahm mir vor, auch weil ich nicht mehr von dem Geschehen der Nacht bedrängt wurde, diesen Tag als einen weißen, leeren Tag zu beginnen, damit ich das, was ich sehen und erfahren würde, ohne furchteinflößende, vorurteilslose Verbindung erleben konnte.

Durch das beglückende Erlebnis des Erwachens hatte ich Klarheit und Luzidität gewonnen, die ich auf den Tag verwenden wollte, um dem nahezukommen, was mir so deutlich entfernt war.

Und gestärkt von diesem Vorhaben, fuhr ich mir nur mit nassen Händen durch das Haar, wusch mich, warf mich noch einmal aufs Bett, weil es viel zu früh war, und sehnte mich nach dem Kaffeeduft, der manchmal in kleineren Hotels die Treppen hochsteigt und ankündigt, daß unten alles gedeckt ist, daß der Tag als Geschenk in die Serviette eingewickelt neben dem Teller liegt.

Wie gut kannte ich das Frohlocken, wenn der Kaffeeduft grüßt, ein Geruch, bei dem sich die Nüstern blähen und die Brust weitet! Und die runden weißleibigen Brötchen, die, frisch und drall gebacken, auf den Griff der Hand warten, Brötchen, die unter der Serviette im Körbchen liegen und nur in einem Hotel so gut schmecken und diese Empfindungen von Zuhause und Versorgtheit wachrufen, eine kindliche Sehnsucht, die sich die Gasthofwerbung auf Landstraßen: HIER KOCHT MUTTER, zu eigen gemacht hat. Das Morgenbrötchen – so erfand mein Hunger weiter – ist sie, ist sie in Person! Es ist einerlei, ob sie sich zeigt, ob sie freundlich grüßend in Erscheinung tritt; sie ist als guter Geist in der Küche, riecht nach der Wohltat des Kaffees, ist rundlich und weißleibig wie die Brötchen, die man eben in der Hand hält, und mitunter glaubt man, sie in der offenen Tür vorbeigehen zu sehen, wie sie sich über die eben gebügelte Schürze streicht, einen fürsorglichen Blick auf die Portionen des Frühstücks wirft, die in der Durchreiche warten.

Sie ist es, die das Erwachen enthärtet und Nahrreiches mit auf den Weg gibt, für die Fremde, die Gefahr, die draußen schon wartet. Während die überwiegend männlichen Gäste mit naß gelegtem oder abstehendem Haar wie aus dem Nest Gefallene aufgeeinzelt sitzen und nur die Verwegenheit der Krawattenmuster sie stählt und verbindet für das Hinausstürmen in einen Konkurrenzkampf, in dem sie siegen müssen – ganz ohne sie.

Und während drinnen im Frühstücksraum laut und herzlos abgeräumt wird, verschwinden draußen vor dem Empfang die hingeworfenen Gepäckstücke, und eine Leere tritt ein – dachte ich eben noch, als auch in dem unheimlichen Zimmer Wasser lief und die sperrigen Verkleidungen für die Dusche zugezogen wurden.

Aus Furcht, daß ich augenblicklich in Beunruhigendes hineingerissen werden könnte, sprang ich vom Bett hoch, strich noch einmal durchs Haar, zog etwas Unauffälliges an und öffnete, beinahe in Hast, die Zimmertür, verweilte keine Sekunde im Gang und lief fast, jetzt auch von Gier getrieben, dem so köstlich vorgestellten Frühstück zu.

Der Frühstücksraum war von brachialer, rosaroter Anbiederung. Natürlich ebenfalls eine Räumlichkeit, die durch Anbau abgetrotzt war, das hatte aber den Vorteil, daß es an drei Seiten Fenster gab. Die Einrichter allerdings schienen der Klarheit des Lichts mißtraut zu haben: schwülstige rosa Samtvorhänge, die das Tageslicht einengten, gedrechselte rosa Lämpchen auf den Tischen, die auf einer gleichfarbenen Tischdecke dekoriert waren, und pastellfarbenes Geschirr!

Eine derartige Unbeherrschtheit des schlechten Geschmacks löste in mir eine Häme aus, die sogar meinen Hunger verdeckte.

Niemand war im Raum, nur dieses gemeine Rosa und ich. Es fiel mir schwer, einen Platz zu wählen, einen Platz in einer Ecke, von dem aus ich alles beobachten und gleichzeitig für die Zeit meines Hierseins ein wenig Rettung vor dem Farbüberfall erwarten könnte. Die hintere linke Nische schien dafür geeignet, und während ich den Stuhl anhob, entdeckte ich, daß selbst die Rückenpolsterung diesen kindischen Farbton wiederholte, so daß es mir vorkam, als suchte die Wirtin einen heftigen Wunsch nach einem Mädchen abzuarbeiten. Ich saß noch nicht, da erschien auch schon die Wirtsfrau, in einem jämmerlichen und aufgeregten Zustand, in einer Küchenschürze und mit unfrisiertem Haar.

Sie hatte mich noch nicht richtig wahrgenommen, als ihr bereits wieder ein heftiger Redeschwall entfuhr: »Haben Sie das heute Nacht mitgekriegt? Da hat sich ein falscher Haufen mit richtigen Schlüsseln eingenistet ... und die haben es nicht mal nötig, sich vorzustellen! ... Und das sag ich Ihnen, vom Institut sind die niemals, die nicht! Und sich dann auch noch das Frühstück hochbringen lassen, für wer weiß wie viele Personen! Und wissen Sie, was mir passiert ist, als ich mit dem ganzen Essen vor der Tür stand? Ich durfte in mein eigenes Appartement nicht rein, die haben mir vor der Nase die Tür zugehauen! Ich stand da wie ein Einbrecher, während mir einer, den ich in meinem ganzen Leben noch nicht gesehen habe, das Tablett aus der Hand riß! Unverschämt! Und in was für einem Ton, da gefriert einem alles, da wird einem eiskalt ums Herz! Ein Blick hat genügt, das sag ich Ihnen, ein Blick nur – und ich sehe, was für ein Chaos herrscht, der reinste Campingplatz! Und das bei mir, unter meinem Dach!«

Und während sie noch Schimpfwörter ausstieß, näherte sie sich meinem Tisch, rückte das Lämpchen beiseite und schien mich jetzt erst als die wahrzunehmen, die ich gestern für sie war, und übertrug den Ärger gleich auf mich: »Sie haben doch mit denen nichts zu tun, oder? Komisch ist es trotzdem! Das laß ich mir nicht bieten! Wissenschaftler wollen das sein.« Ich stand nun auf, um ihr in der ganzen Länge meiner Person Einhalt zu gebieten: »Grund zur Klage habe ausschließlich ich, denn Sie haben neben mir vermietet, ich wurde wachgerissen, hörte den Krach und die merkwürdigsten Geräusche! Außerdem können Sie die Leute doch gleich wieder raussetzen, aber mir mal zuallererst das Frühstück bringen, ich habe nämlich Hunger! Und außerdem: Sie haben doch Adressen, die Namen der Personen, wie kommen die sonst ins Hotel hinein, wenn sie nicht von Ihnen persönlich einen Schlüssel hatten!«

Nun hatte ich den springenden Punkt getroffen: »Schlüssel, ja – Schlüssel, das ist es ja gerade, ich weiß schon nicht mehr, wer welchen hat, das geht doch schon seit Monaten, das eigene Hotel gehört einem schon bald nicht mehr.« Ich konnte mir ein: »Das ist doch Ihr Reinfall!« nicht verkneifen.

Ihre Empörung richtete sie nun direkt gegen mich: »Ich sag Ihnen mal was, Sie ... halten sich da raus, sonst ... Sie glauben doch nicht, daß mein Hotel immer so leer war? Keine Kammer hätten Sie mehr gekriegt ... ja, ja ... auch nicht mit der größten Überredung. Hier hat das Institut das Sagen, ich bin ausgebucht und bezahlt ... und zwar lange im voraus!« Sie zeigte erregt auf die Tische: »An Tisch eins sitzen: drei Personen ... an Tisch zwei: vier! ... an Tisch drei: zwei Personen ... und so weiter, und so weiter ... und alle in weiß! ... und da, wo Sie sitzen, ja – an Ihrem Platz: wär alles voll, jeder Stuhl besetzt, jeder!« Ich grinste, ihre Finger zitterten, als sie auf mich zeigte: »Ja – ja ... Freuen Sie sich nur, freuen Sie sich nur ... Sie haben keine Ahnung, was hier los ist, Sie doch nicht! Aber eines stimmt, alle die Herren waren vom Feinsten, vom Allerfeinsten ... die Briefköpfe und Visitenkarten vollgedruckt mit Doktortiteln ... und freundlich, und gebildet, und gelehrt ... Ja – um nichts brauchte ich mich zu kümmern! Aber die da oben, nein, das sind keine Wissenschaftler, das sind...« Und sie zeigte an die rosa Decke: »Das ist keine Geheimnistuerei im Namen von was Höherem, das ist reiner Vandalismus! Auch für Geld mach ich nicht alles! Wenn mein Mann hier wär, der wüßte, was zu tun ist: Polizei will man ja auch nicht immer gleich holen, wo die zur Zeit so ratlos sind, daß sie sich an der Pistole festhalten ... oder gleich zuschlagen, die haben selbst mehr Angst, als die Uniform aushält. Nein ... Zeiten sind das!« Ich fragte nun: »Angst vor was, vor was haben die Angst!« Da entrutschte ihr ein schallendes Lachen, und schon in der Tür stehend, drehte sie sich noch einmal zu mir um und rief: »Sie immer mit Ihrer Ahnungslosigkeit! Nein so was! Ich bring Ihnen jetzt Ihr Frühstück! Mein Gott nein, ist die ahnungslos!«

Und nun war mir doch, als ginge dieser Alp, der nicht meiner und dessen Inhalt und Fortgang mir unbekannt war, vom Traum ins Leben fort.

Sie hatte es wirklich geschafft, daß ich darüber nachdenken mußte, ob ich selbst schon in etwas verwickelt war, das ich über Nacht vergessen hatte. Wie ich als Kind fast jeden Morgen erwacht war, die Augen aufgeschlagen und mich bewegt hatte und ins Innere fragte, ob ich heute eine Freude haben würde und welche es sein würde.

Hier schien alles verkehrt. Hier wurde ich nun gezwungen, mich zu fragen, ob ich an diesem Morgen ein Entsetzen übersehen hatte, das bereits zu einem Teil meines Lebens geworden war und das in mir saß, während ich noch arglos glaubte, meinen Hunger stillen zu können – und alles wäre danach so, wie es vorher war.

Mein Leben und ich, und ich in meinem Leben, noch ganz und heil, ohne Gebrechen, ohne Verbrechen, ohne

Drohung, die sich mit dem Fortgang des Erwachens in den Tag hinein hochwühlen würde, um mich zu verschlingen.

Ich saß steif und belauerte mich, wie eine, die darauf wartet, daß die Insekten aus dem Körper kriechen oder ein eben abgeklungener Schmerz wieder aufbricht.

Mein Herz schlug heftig, und ich war froh, als ich die Wirtin wiederkommen sah, verdeckt von einer großen Kanne Kaffee. Ich lächelte ihr abwesend entgegen und nahm mir vor, das Rasen des Herzens sogleich auf das Koffein zu schieben.

Und jetzt wurde sie wirklich zu der Hotelmutter, die ich mir vorgestellt hatte, rührend liebevoll und ohne ihre Anschuldigungen und wilden Reden, schob und rückte sie die Porzellanteile in Griffnähe, schenkte mir Kaffee ein, eilte und verwöhnte mich mit einem so milden und anhaltenden Lächeln, daß die Ungereimtheiten von eben niemals aus ihrem Munde gekommen zu sein schienen.

Durch die gewohnten Freundlichkeiten hatte sie sich offensichtlich wieder ganz in der Form, die einer Hotelleitung entspricht, sie wünschte mir einen guten Tag, bat um die Abgabe des Schlüssels, wenn ich das Haus verließe, und vermittelte mir, indem sie die Tür leise zuzog, daß sie mir mit mir ein gutes Frühstück wünschte, und verschwand. Draußen hörte ich sie schon wieder poltern, der Hund wurde getreten, und sie mußte in die Küche gegangen sein, wo sie einige Leute anschnauzte, Kochtöpfe unsanft hin- und hergeschoben wurden und ein Deckel krachend zu Boden fiel, danach wurde auch diese Tür geschlossen, und eine künstlich wirkende Stille fiel über mich her.

Das sind die nacktesten Momente.

Als würde der eiserne Vorhang heruntergelassen. Eine Dunkelheit, die mich zwingt, sofort und auf der Stelle, das

Licht im Inneren, im Denken, im Fantasieren anzumachen, um ohne äußere Einwirkung im Schauspiel des Lebens weitermachen zu können.

Aber selbst jetzt so verwiesen auf meine inneren Bilder, die mich sogleich gefangennahmen, sagte ich mir, daß ich mich auf keinen Fall hinreißen lassen würde, etwas zu notieren, mir schriftlich, ja – fotografisch zu begegnen. Ich ertappte mich, wie ich das Brötchen umständlich in der Hand hielt, das Messer darin steckenließ und es nicht weiter aufschnitt. Mir schien es ein brutaler Vorgang, der das Brötchen in zwei Hälften reißt, die nun zerquetscht und lädiert auf dem scheußlichen Rosa des Tellers vor mir lagen. Ich schüttete alles vom Teller und nahm statt dessen eine Scheibe dunkles Brot, belegte sie so üppig, als müßte ich eine Bergtour absolvieren.

Dann siegte blanker Hunger, die Stille wurde überkaut und wich einer regen Eßtätigkeit.

Beim Kauen unterstützte mich der Gedanke, daß Alleinessen, ohne die Nahrung des Denkens, eine unüberbietbare Profanität bleibt. Und während ich nun mit übertriebener Lust in das beladene Brot biß, dachte ich laut: Zuallererst werde ich mir eine Tageszeitung besorgen, um mich diesen merkwürdigen Vorgängen durch eine gewisse Sachlichkeit – wie es so unpassend genannt wird – etwas anzunähern.

Sogleich wunderte ich mich, daß keine einzige Zeitung im Frühstücksraum auslag, aber noch mehr, daß mir das erst jetzt auffiel.

Gerade im richtigen Moment kam die Wirtin herein, in nervöser Eile ging sie auf eine Schublade zu, entnahm einige Bestecke und war im Begriff hinauszueilen, als ich rief: »Gibt es keine Tageszeitung von hier?« Diese Frage war ihr kaum ein Stehenbleiben wert: »Wie? Was? Tageszeitung? Noch was? Ahnungslos! Ich sag es, ahnungslos!« Mein eingeschüchterter Gesichtsausdruck muß sich ihr nachhaltig eingeprägt haben, denn sie kam nach einigen Sekunden zurück, hielt die Tür in der Hand: »Würden Sie sich eine Stadtzeitung halten, die nur Schlechtes und Grauenhaftes über die schreibt, die sie bezahlen?!« Und während ich: »Es kommt auf die Einwohner an«, konterte, verkroch sie sich hinter der Tür und entließ noch ein paar Sätze: »Nee, nee ... es kommt auf das an, was passiert ist und wie die berichten! Da wurden keine Katastrophen aufgeklärt! ... die haben sie erfunden! Wer will schon jeden Morgen in seinen eigenen beschissenen Spiegel schauen! Die Redaktion wurde ausgeräuchert, die Abos abbestellt, basta ... so einfach ist das! Sie können sich ja Zeitungen von Nord nach Süd kaufen, bloß von hier: keine Zeile!« Danach zog sie den Kopf ein und verschwand. Ich hörte aber keine Schritte, und als darauf nochmals geöffnet wurde und sie wieder ihr kopfschüttelndes: »Ahnungslos, ich sags ja ... ahnungslos!« losließ, beschloß ich, dieses erholsame Etikett nun vollends anzunehmen, denn spätestens in diesem Moment fühlte ich doch einen unwiderstehlichen Drang, diesen Geheimnissen, Scheußlichkeiten und Absurditäten mit genauer Beobachtung, Block und Stift und einem Cassettengerät auf den Grund zu gehen.

Ein Gefühl des Sieges, der Ironie stieg in mir auf, obwohl ich eigentlich schon eine Art Kettenreaktion von kleinen Gefährlichkeiten erlebt hatte. Vielleicht bestand das gute Gefühl einzig darin, daß ich mir vortäuschen konnte, durch diese Art der Niederschriften mein Gelübde nicht zu brechen: keine Zeile zu schreiben. Es würden ja keine künstlerischen Bezeugungen werden, sondern eine von außen erzwungene Fachlichkeit, ein Dokument für den Notfall.

Dieser Entschluß beflügelte mich, ich erhob mich und ging mit dem Wissen, ab jetzt äußerst wichtig zu sein, dem häßlichen Treppenaufgang entgegen.

Zweites Erwachen

Nichts Schlimmeres, als den Anschluß nach außen verpaßt zu haben. Ich war nicht in Gedanken versunken, es war nicht so, daß ich nichts von außen hörte, weil ich innen mit Worten rang, eine Idee verfolgte, einen Ausdrucksblitz festhielt, um ihn ins Gedächtnis einzuschreiben. Ich denke, ich erinnere mich richtig, wenn ich behaupte, daß ich mehr oder weniger umweglos durch die nach Tristheit riechenden Gänge ging, den Treppenaufgang vor mir sah. Der ist mir deutlich vor Augen, der Aufgang der Treppe prägte sich mir ein, weil es den Satz im Inneren sprach: Alle Menschen gehen in der Mitte. Ich ging also auch in dieser Narbenschneise die Treppen nach oben und dachte nichts, das war kein ablenkendes Denken, sondern ein Reflex, und dieser hat ganz sicher nicht bewirken können, daß ich nichts hörte, nicht mehr weiß, wann das Ereignis begann, auch zu meinem zu werden.

Dennoch wurde ich von einem plötzlichen Schrecken gepackt.

Erstarrt, mit beiden Händen am Geländer, vernahm ich lautes Poltern, Rufen, Winseln und Schreien.

Ich rührte mich nicht, nein – ich war nicht etwa entschlossen, meine Neugier zu zügeln, ich war unfähig, mich zu rühren, denn ich wußte im selben Moment, daß es diese drei Personen sein mußten. Daß der Kampf auf dem Flur stattfand, war auch eine Bedrohung für mich. Wildes Laufen wechselte von einem Zimmer in ein anderes, das gegenüber auf dem Flur liegen mußte, dann hörte ich: »Aufmachen!« Eine Faust, ein Schuh wurden gegen die Tür geworfen, eine zweite dunkle Stimme rief: »Alles muß zack, zack gehen, die Tür rammen, rein ... und raus mit der Person. Mensch! Machen Sie schon!« Aus einem entfernten Raum ein Wehklagen, es winselte in sich hinein, rollte dann durch die Kehle, röhrte laut auf, und dann entwich ein mächtiger, endloser Ton.

Kälte überfiel mich, ich konnte mich nicht bewegen, die Stimme saß in mir wie eine Entfesselung. Ich wußte: nur hin, hinauf auf die Treppe und helfen! Trotz der Furcht nahm ich jede Veränderung des Gewaltausbruches wahr, als sei ich dabei, schon jetzt, noch fernab.

Nun wurde eine Tür immerfort aufgerissen und wieder zugeschlagen, umtost von zwei sich überschlagenden Stimmen und diesem Endloston, der sich nun ganz in einer Tonlage, die ins Fleisch schnitt, eingependelt hatte. Männerstimmen brüllten: »Scheiße! Verdammtes Weib!« und: »Zupacken, nicht streicheln!!« Dann wieder Fluchen, Stöhnen, Hin- und Herlaufen, bis sie offensichtlich die Tür im Griff hatten und einer der beiden rief: »Die Spritze, gib her!« Und als ich schon den Flur erreicht hatte, vor mir nur noch die letzten zwanzig Meter, hörte ich nun, wie in einem Zimmer, der Wäschekammer, alles umgeworfen wurde, eine schreiende Flucht in der hintersten Ecke des Raumes begonnen hatte, ich sah, wie weiße Wäsche durch die Tür flog, ein Bügeleisen folgte, Schuhe und Kabel, Blumenvasen, alles, was im Weg gestanden haben mochte.

Ein Mann tauchte auf, duckte sich vor der Stimme, den harten und weichen Gegenständen und versuchte, den Raum im Sturm zu nehmen.

Da sprang ich schon hinzu, stand mitten in der Tür, sah gerade noch, wie die beiden sich über die Frau beugten und ihr eine Injektion geben wollten, als ich ausrief: »Hilfe! Polizei, Polizei, kommen Sie, kommen Sie!« Und diese Drohung, die mir nicht eine Sekunde bewußt war, die mir aus Panik entfloh, schlug auf der Stelle ein, die beiden boten mir einen derartig stummen, blöden Anblick, daß ich an einen Stummfilm denken mußte. Sie verharrten bewegungs- und tonlos, den Rücken mir zugewandt, in einer peinigenden Bückhaltung, die Arme noch über dem zuckenden Körper der Frau, und stierten in meine Richtung.

Die Frau aber, die ich nun zum ersten Mal sah, lag hingeschmettert in eine Masse aus Weiß, es quoll ihr fast aus dem Mund, ein ganzes Regal war über ihr zusammengebrochen, und Laken und Wäsche hatten sich über sie geworfen, betteten, schützten und verhedderten sie gleichzeitig, während sie sich den entsetzlich aufgetriebenen Bauch hielt, den sie auf einmal mit Fäusten traktierte und sich im selben Moment wieder in ein aufrüttelndes Wehschreien verwandelte.

Da löste sich bei den beiden Männern die Starre, sie rissen sich in die Höhe und flohen, an mir vorbei, im Sturmschritt in ihr Zimmer und warfen die Tür zu.

Ich begann nun, auf die Frau einzureden. Sie verstand nichts, das begriff ich erst jetzt, sie mochte eine Russin sein, eine Polin, jedenfalls verstand sie kein einziges Wort und mißdeutete alle Zeichen, so daß sie bei jeder Bewegung, die ich auf sie zu tat, nur noch lauter schrie, sich hochzurappeln suchte, während der dicke Bauch sie wieder niederwarf und sie, überall nach Halt suchend, nur noch mehr weißes

Zeugs um sich herunterriß. Keuchend und mit Fäusten um sich schlagend, lag sie in einer Lawine aus Weiß.

In dem Moment, als ich mich an sie herangearbeitet hatte, um ihr aufzuhelfen, wurde wieder die Zimmertür aufgerissen, die beiden Männer tauchten gefährlich atmend vor mir auf, nun wieder ganz im Besitz aller Entschiedenheit und Brutalität, und warfen mich zur Seite; ich flog, haltlos, ebenfalls ins Weiß, sie packten die Frau im Knebelgriff und schleppten sie an mir vorbei hinaus.

Bevor sie aber noch in der anderen Tür verschwinden konnte, reckte sie mir eine Faust entgegen, entließ mit dem Öffnen der Faust einen beschwörenden Ton, daß ich beinahe nicht gesehen hätte, daß sie etwas fallen ließ, etwas, das nicht zu erkennen war, dennoch mußte dieses Etwas das gewesen sein, was ihre Erregung, ihr Außersichsein erklärte.

Schnell erhob ich mich, sah aber nicht auf den Boden, lief an die Tür der beiden Männer, die jedoch verschlossen war.

Von innen drang ein ruhiges Werkeln, von der Frau kein Ton, und ich stand nun wie eine, die einen Schlag auf den Kopf bekommen hatte und nun langsam zu sich kam. Ich schüttelte mich wild, als müßte ich die Geister aus dem Hirn verjagen, wandte mich ratlos in die eine und andere Richtung und sah erst jetzt, daß noch eine Tür offenstand, die ich vorher nicht wahrgenommen hatte. Es war eine Toilette. Warum war sie auf diese Toilette geflohen? Warum hatte sie eine aufgesucht, die außerhalb ihres Appartements lag? Was wollte sie dort? Was hatte sie dort versteckt? Gab es eine Botschaft?

Ich betrat die Toilette und sah sofort, daß in der Toilettenschüssel ein Blatt Papier liegengeblieben war, hob dieses mit entschiedenem Mut hoch und blickte wieder ins Bekken, dann war nicht mehr zu sehen als Haare. Haar, Haar ... das? Woher?

Sie wird sich doch nie und nimmer über das Becken gebeugt das Haar gebürstet haben!

Nun schon beinahe berufsmäßig, überwand ich allen Ekel, griff ins Becken und fischte es heraus. Es mögen mindestens fünfzig kurze, steife und dunkle Haare gewesen sein. Hart, wie ich es noch niemals gefühlt hatte.

Was für Haar war das?

Sicherlich habe ich schon den Ausdruck eines Fachmenschen gehabt, als ich in den Flur zurück ging, den Fund fest in der Hand, um nach dem zu suchen, von dem er stammte. Es war nicht leicht, sich durch diese Flut aus Weiß durchzuarbeiten, ich stand inmitten des verschleppten Wäscheberges; der Anblick mag ganz sicher nicht einer Komik entbehrt haben.

Der Punkt, an dem sie die Faust geöffnet hatte, war mir noch ziemlich gut in Erinnerung, ich begann nun, den Fußboden zu überprüfen. Es dauerte lange, denn die Reinheit der Wäsche wiederholte sich keinesfalls auf dem Boden, zwischen Insekten, Erdkrumen, Staubresten, Fäden aller Art und angetrockneten Essenspartikeln entdeckte ich endlich das, was ich suchte: Haar. Wieder Haar!

Vorsichtig nahm ich es auf, legte es zu dem anderen und bestaunte es, schauerlich aufgerührt.

Es war eine Botschaft! Ein Hilfeschrei – und die Haare mußten ein Geheimnis, ja – ein Entsetzen aufrufen, Tierhaare! fuhr mir in den Sinn und in den Körper, so unheimlich, daß ich mich in den Wäscheberg fallen ließ und ganz gewiß keinen mutigen, entschlossenen Eindruck machte.

Erhöhte Wachsamkeit

Es ist merkwürdig, daß ich, obwohl ich noch das Beweisstück für ein Unrecht, vielleicht sogar für eine brutale Tat, fest in der Faust hielt, von einem seltsamen Schamempfinden erfaßt wurde. Diese Mischung aus Scham, Schuld oder Indiskretion war so umfassend und überraschend, daß ich glaubte, einen roten Kopf zu bekommen.

Die verräterische Entgleisung meines Bewußtseins ließ mich beinahe die Entdeckung der Ungeheuerlichkeit vergessen. Versponnen in das Gebilde aus widersprüchlichen Empfindungen, riß ich mich hoch, verschwand in meinem Zimmer, schloß die Tür ab, mehr aus Unbehagen vor mir selbst, sackte sogleich auf die Bettkante und dachte laut vor mich hin: »Ich bin Zeugin der Überwältigung einer Frau, die schwanger ist und deren Schwangerschaft noch eine tiefere Art von Gewalt ausdrückt oder verbirgt, und ich fühle Scham! Warum?« Ich schlug mir mit der geschlossenen Faust an die Brust und fragte: warum? Was ist das für ein perverses Fühlen? Was hielt mich zurück, nicht von blanker Wut und Gegenwehr erfüllt zu sein?

Ich zwang mich an die Quelle des diffusen Schamgefühls, trat vor den Spiegel und schaute hinein, denn ich wollte diese Wahrheit, die nicht nur meine zu sein schien, im Gesicht gespiegelt sehen, wollte, daß sie sich selbst spiegelnd entlarvte.

War ich in das Zentrum einer archaischen Gesetzmäßigkeit eingedrungen, Schwangerschaft, Vergewaltigung und Brutalität niemals als Tat wirklich miteinander zu verbinden?

Warum empfand ich, daß mein Eindringen, mein Blick, Gewalt auslöste und weniger die tatsächlich beobachtete Gewalttätigkeit? Hatte ich unversehens, auch durch die Heftigkeit des Vorgangs, eine Grenze überlaufen, hinter der ein Schweigegebot tief verankert lag? Und mir war, als könnte ich das Gefühl von erstickender Scham erahnen, die Frauen nach einer Vergewaltigung in ein unübertretbares Schweigen einschließt, den Täter, die Tat nicht zu benennen, die Schuld gegen sich selbst zu richten?

Wie in einem Gedankenblitz offenbarte sich mir die erzwungene Fähigkeit von Vergewaltigten, nur überleben zu können, wenn sie sich zur Schuldigen machen, ein aktiver Rettungsversuch, um die erlittene Auslöschung zu bewältigen?

Und immer noch in den Spiegel schauend, sagte ich: »Ja – die Rätsel der Welt sind die, die sichtbar sind!« Und so, als wäre diese Erkenntnis ein schwerer Geburtsvorgang gewesen, fühlte ich mich auf einmal erleichtert, so daß ich mich von meinem Spiegelbild abwenden konnte und laut zu mir selbst sagte: »Ich werde zur Polizei gehen und eine Anzeige aufgeben, nichts ist dringender!« Erst heute weiß ich, daß diese Teilhabe an der Tat, die Erfahrung, die ich an jenem Morgen machte, mir gleichzeitig den Blick versperrte auf das wesentlich Unfaßlichere. Eine Ahnung mag ich davon gehabt haben, denn als ich schon das Hotelzimmer verlassen wollte, die harten Haare in einem Umschlag bei mir, wandte ich mich zurück und legte den Umschlag auf den Tisch.

Die Wirtsfrau wollte ich nicht nach der Polizei fragen, um ihr Mißtrauen nicht zu schüren. Den Fund gedachte ich deshalb nicht ins Spiel bringen, weil allein die Anklage der Gewalttätigkeit ausreichen sollte, um diesem Trio das Handwerk zu legen.

Beinahe war ich froh, die Natur noch als etwas Bekanntes vor dem Hotel anzutreffen.

Ein kühler, beinahe milchiger Himmel lag über dem Ausschnitt der Stadt, nur einige kugelrunde Wolken hingen verspielt in der Höhe. Die angenehme Wärme und die Windlosigkeit gaben mir das Gefühl, daß alles so war, wie es sein sollte, wie ich es mir in den Wirren der eingebildeten oder wirklichen Erlebnisse kaum mehr hatte vorstellen können. Ich brauchte nur wenige Schritte zu tun und hatte das Hotel im Rücken und vor mir eine durch und durch gewöhnliche, belebte Straße, wie sie in jeder Stadt anzutreffen ist. Nichts Unheimliches oder Bedrohliches ging von dem Treiben der Stadt oder von den Menschen aus. Eine einschmeichelnde Banalität und Alltäglichkeit nahmen mich auf und sagten mir, daß ich jetzt nur eine Anzeige aufzugeben hatte, um meine Voreingenommenheit und Besorgtheit ausgeräumt zu haben. Jetzt, da die Straße belebt war und die Auslagen das Bild prägten, fand ich mich kaum mehr zurecht. Bis ich merkte, daß ich östlicher gegangen war und der Brunnen, die Straße des Abends und der Nacht, eine andere gewesen sein mußte.

Nach all dem Selbstausschluß, den ich suchte und erleben wollte und der Anlaß meiner Reise gewesen war, erlebte ich nun die brodelnde Wiederholung, dieses Gleichmaß aller Tage als kleines überhebliches Glück, denn was wäre denn eine Reise, eine Fortbewegung überhaupt, wenn die Zuhausgebliebenen uns nicht das Lächeln über ihre Seßhaftigkeit ermöglichen würden?

Ich war eine von ihnen und stellte auch sogleich meine Frage nach der Polizei.

Die erste Frau, beladen mit mehreren Einkaufstüten, gönnte mir kaum einen kurzen seitlichen Blick – und sagte nichts, ging kopfschüttelnd weiter.

Jetzt machte ich es gezielter, faßte einen Mann mit Zigarette am Arm. Er blieb stehen, als ich meine Frage nach dem Weg stellte. Während er mir seinen Rauch ins Gesicht blies, mich ohne Regung ansah und nichts anderes tat, als die Schultern zu heben, wurde mir klar, daß er mir nicht sagen wollte, was er wußte.

Dann ging er, mit einer abstoßenden Häme im Rücken, weiter, drehte sich nach einigen Metern noch einmal um, im Bewußtsein, daß ich ihm nachsah, und grinste. Nun wollte ich es mir leichter machen und jemanden fragen, der nicht ausweichen konnte.

Es war ein Imbiß, in dem viel zu tun war. Die Verkäuferinnen standen wie aufgereiht nebeneinander, geschäftig fragte eine: »Sie wünschen?« Ich sagte: »Nein, ich will nichts essen, ich suche die nächste Polizeistation, können Sie mir sagen, wo das ist?«

Entweder waren das zu viele Worte, zu falsche, oder ich selbst war eine Zumutung, denn sie gaben sich untereinander einen kurzen gemeinen Blick, ohne ihre Tätigkeit zu unterbrechen, und die Älteste rief: »Kennt so was eine von euch?!« Und die anderen, wie im Kanon: »Nee! Wieso?!«, mit einem so unüberhörbar penetranten Lacher, so daß ich mich zum ersten Mal fragte, ob an mir oder mit mir etwas nicht in Ordnung war.

Ich kann versichern, daß ich nicht zu jenen überseismographischen, zittergrasähnlichen Wesen gehöre, die sich bei der kleinsten Infragestellung ihrer Person ins Fingernagelbeißen flüchten und selbst das Vorgeburtliche noch einmal wiederholen, nun aber lief ich auf das erstbeste Schaufenster zu, überprüfte, ob ich mich in etwas Abartiges verwandelt hatte. Natürlich konnte ich nichts Auffälliges und Unbekanntes an mir erblicken, im Gegenteil, im Fenster spiegelte sich eine aufrecht dastehende und normal proportionierte Person, die dem, was ich von mir kannte, bis ins Kleinste ähnelte. Wenn mich jemand beobachtet hätte, dann wäre aufgefallen, daß ich lächelte, denn Gregor Samsa war mir eingefallen, und wie von ungefähr zuckte die Hand an die Halsschlagader, um zu fühlen, ob schon Käferschleim heraustrat.

Beruhigt wandte ich mich um und fragte mutig einen der vorbeieilenden Passanten nach dem Weg. Er blieb stehen und sagte grob: »Ziehen Sie bloß Leine!« Blinde Wut erfaßte mich, wie von Sinnen sprang ich dem Mann nach und packte ihn am Sakko, so daß er sich umzuwenden gezwungen war. Er ruderte mit den Armen und versuchte, mich mit wildesten Beschimpfungen abzuwehren: »Hilfe! Diese Person ist wahnsinnig!«, schlug dabei mit der Aktentasche um sich, so daß ich, weil einige Menschen stehengeblieben waren und mich drohend ansahen, mich in einen Hausflur, der gerade geputzt wurde, flüchtete. Der Anblick der Frau, die ich nur von hinten sah, tat mir gut, und ich warf mich schwer atmend an die Hauswand und sog die beruhigende Wirkung der Putzmittel ein, die Normalität der Reinigungsarbeit.

Die Frau hatte sich noch nicht umgedreht, denn noch klang das Auswringen des Scheuerlappens lauter als mein

Atmen, doch in dem Moment, als sie den Lappen um den Scheuerbesen wickelte, hörte sie mich, sah ruhig in meine Richtung, und an ihrem Gesicht erkannte ich, daß sie Ausländerin war. Sie sagte: »Ich wenig deutsch, müssen wissen!« Endlich jemand, der mit mir sprach. In dem runden klaren Gesicht lag eine Freundlichkeit, die mich auf der Stelle alle Unbilden vergessen ließ, so daß ich, um sie nicht zu erschrecken, ebenso ruhig nach der Polizei fragte. Sie schaute mich erleichtert an, stellte den Besen an die Wand, wischte die Hände betulich und gründlich an der Schürze ab, als wolle sie mich mit ihrem Schmutz nicht anstecken, und sagte: »O ... Polizei überall!« Dann siegte ihre Besorgnis, und sie fragte ängstlich: »Du – nix gut? Polizei überall!«, dabei eilte sie an die Tür und zeigte auf eine Abzweigung von der Straße, verabschiedete sich lächelnd von mir, erfreut, daß sie hatte helfen können, wenn auch mit einer Auskunft, die ihr selbst unangenehm war.

»Ja – da Polizei, ich nie suchen, nein ... nie!«, dazu erhob sie die Hände in beschwörender Abwehr und lächelte mir ihr liebevolles Staunen hinterher.

Ich war auf einmal wie geheilt und wieder integriert in die menschliche Gesellschaft und nahm mit fast leichtfertiger Gelassenheit den kurzen Weg bis zur Polizeistation.

Irritierte Wachsamkeit

In meinem Kopf bewegten sich menschenfreundliche Gedanken, durch die Begegnung mit der putzenden Frau ausgelöst. Und obwohl mir meine Sentimentalität nicht ganz geheuer war, wich dieser Hauch von Freude nicht, und ich erinnerte mich auf einmal an manche solcher kleinen Glücksmomente, die beinahe alle sprachlos gewesen waren und mich mit der Gewißheit zurückließen, inmitten der Blindheit einen Menschen erkannt zu haben, vielleicht nur, um die Frage wachzuhalten, ob Menschen nicht auch dazu in der Welt sind, sich zu lieben? Diese zarte Euphorie machte, daß ich mit gesenktem Kopf in die Richtung ging, die sie mir gezeigt hatte. Und als ich wieder aufsah und mich von jener Ahnungslosigkeit ertappt fühlte, die mir die Wirtin nachgesagt hatte, befand ich mich bereits in einer ruhigen und gediegenen Straße, einer Allee mit uralten Buchen, die das Sonnenlicht bändigte und ein zurückgezogenes Wohnen beschirmte.

Die Stille und Verlassenheit der Häuser wirkte wohlhabend, eingezirkelte Vorgärten, sorgsam beschnittene Hekken führten auf achtungsheischende Fassaden, die derartig abweisend wirkten, so daß gewiß niemand wagen würde, unangemeldet vor ihnen zu stehen.

Ich erinnerte ein Mißbehagen, wie es mich als Jugendliche erfaßt hatte, wenn ich aus Versehen in ähnlich abgesicherte Wohnviertel geraten war. Die herrschaftlichen Mauern, der strenge Putz, die steilen Fenster und die verriegelte Rechtschaffenheit schienen mich zu verfolgen, und während ich glaubte, daß im Inneren der musealen Räume die Unordnung, die Drohung des Lebens durch die Knute der Wiederholung niedergehalten wird, hatte ich mir geschworen, wild in die Pedale tretend, niemals jenes tote Zentrum des Erwachsenseins zu betreten. Jetzt erfüllte mich diese Straße mit Beruhigung, es gab noch so etwas wie ein Trotzen gegen das Rutschen, gegen eine Irritation, die mich seit meiner Ankunft gefangenhielt. Ich war aufgenommen in einem Film, der stehengeblieben war und in dem ich eine Weile mitspielen durfte.

Von weitem sah ich die Polizeistation, ich hielt inne und fragte mich, warum ich mich, so mit Zeit und Muße beschenkt, gejagt und verpflichtet fühlte, was denn wirklich bis jetzt geschehen war, was ich nicht wollte und was mich von dem Vorhaben abgebracht hatte, dem Zufall zu folgen, zu erleben, ohne die blinde Eile eines Ziels. Nun sah ich eine Reihe von Geschäften. Es konnten nur solche sein, die altbekannt und eingeführt und keinesfalls auf Laufpublikum angewiesen waren. Weich getönte Schaufenster, hinter denen auf kunstvolle Weise die einzelnen Artefacte preislos, nur dekorativ ausgestellt waren. Ich bestaunte die Eleganz und Sparsamkeit des Auftretens feinster Sitzmöbel, undenkbar, daß auch nur eine dieser ziselierten Armlehnen, dieser Rückenlehnen mit der Zumutung konfrontiert werden konnte, einen menschlichen Körper zu ertragen.

Ich drückte das Gesicht ans Schaufenster, sah weit hinten im Verkaufsraum eine Frau sitzen, die kühl in großer Kühle Mappen studierte und mich keines Blickes würdigte. Es bereitete mir auf einmal unbändiges Vergnügen, mich wie eine Drohung, den Raum zu entweihen, in die geöffnete Glastür zu stellen.

Nun sah ich sie deutlicher, die Bewacherin der feinen Gegenstände, sie ließ einen beringten Finger im Katalog, schaute ohne jedes Interesse und mit gravitätisch hochgeschraubtem Hals in meine Richtung, mußte auf der Stelle erkannt haben, daß sich eine unpassende Person verirrt hatte, denn sie senkte in aufreizender Reglosigkeit den Blick in den Katalog und sagte kein Wort.

Ich ließ nicht ab, fragte im Ton einer, die sich diese Gebilde leisten könnte: »Was kostet der Stuhl auf dem orangefarbenen Dreieck?« Die Sprachmächtigkeit schien sie nun daran zu erinnern, daß sie auch zum Verkaufen da war, und nachdem sie die plumpe Direktheit und den deutenden Finger auf eine ihrer Kostbarkeiten verdaut hatte, warf sie den Preis vor die Füße. Mehr nicht. Ich wandte mich ab mit dem amüsierten Gefühl, daß sie nun sogleich einen Menschengeruchsvernichter in Gang setzen würde, und errechnete den restlichen Weg bis zur Polizei, was mich jedes Sitzen auf einem solchen Möbel kosten würde. Ich war sogar so guter Dinge, daß ich, während ich schon die Treppen zur Polizeistation hinaufging, mir ausmalte, wie ich danach in ein Restaurant gehen würde, gut bedient, mit endlos viel Zeit, und nichts anderes tun würde, als mich den Speisen, den Beobachtungen hinzugeben.

Noch bevor ich die schwere weiße Tür öffnen konnte, eine Tür, die dem gediegenen Wohnstil der Straße angepaßt war, dachte ich, daß ich nun, angelangt an der Stelle, wo ich sicherlich Hilfe bekommen würde, den Grund dafür verloren hatte. Trotzdem ermahnte ich mich, vorsichtig zu sein.

Meine Befürchtungen gegenüber der Polizei, einer Polizeistation, schienen ganz und gar unnötig. Die leichte Stimmung, die ich mitbrachte, war also berechtigt und eher der Beweis einer guten Vorahnung! Der Innenausbau der Räume war unaufdringlich modern im Gegensatz zu dem schweren Gründerstil von außen: hohe lichte Fenster, verschönt durch exotische Pflanzen, in zwei Reihen flackernde Computer, davor weiße Büromöbel, ein Gang mit viel Licht, von dem eine Anzahl kleinerer Räume abging, die sich als Wartezimmer herausstellten. Und obwohl ich noch mit niemandem gesprochen hatte und hinter einer dicken Sicherungsscheibe zum Warten aufgefordert worden war, glaubte ich doch eher eine flapsige Laxheit wahrzunehmen.

Ja – es geschah mir sogar im Laufe der halben Stunde, die ich gern und sicher absaß, daß ich ein verbindliches Lächeln zeigte, von dem ich hoffte, daß es wie eine Einverständniserklärung aufgenommen werden würde. Dieser Vorschuß an Freundlichkeit schien mir angebracht, denn ich hatte Zeit, das Mienenspiel, die Bewegungen jeder einzelnen Person zu studieren, und auch ohne daß ich ein Wort verstehen konnte, schien es mir hinter der Scheibe eher heiter, niemand wirkte überarbeitet, nicht einmal Ungeduld oder bürokratische Nüchternheit übertrugen sich. Nach einer ganzen Weile, die ich jetzt stehend, jetzt sitzend verbrachte, war mir, als ob sich hinter der Abdichtung doch so etwas wie eine Verschwörung abbildete, allerdings eine, die mir ganz normal erschien.

Die freundlichen Anweisungen erhielt ich durch einen Lautsprecher, der in das Panzerglas eingebaut war, die männliche Person, die sich schon zweimal zu mir herabgebeugt hatte, mit einem: »Nur ein Weilchen, ein Weilchen nur noch...«, hatte allerdings etwas deutlich Abfälliges; die Art, wie er sich auf den Ellenbogen stützte und tat, als wäre er nicht der, der er war, hatte etwas Anzügliches, ebenso das obszöne Hinternwackeln, das von den übrigen genüßlich quittiert wurde. Ich bildete mir ein, das Beste zu tun: Ich übersah nicht die unpassende Bewegung, sondern quittierte sie meinerseits amüsiert, verhielt mich wie eine, die am Bau des Lebens von der Art genug Erfahrungen gemacht hatte, um nicht gleich an der Würde verletzt zu sein. Er schien meine kumpelhafte Art gut zu übersetzen, denn er wandte sich zu den anderen, klatschte in die Hände und zeigte mit erhobenem Daumen auf mich, wie um anzudeuten: Die ist in Ordnung! Allerdings irritierte mich, daß mich niemand ansah und statt dessen nun alle die Lippen bewegten, tonlos, dazu spielten sie mit den Fingern vor dem Mund eine flinke Stummensprache, die nun unmißverständlich die Bedeutung von: Plappern, Klappern, Petzen oder gar Klatschen? unterstrich.

Und als nun eine andere Mannsperson, die so dick war, daß die Revolver seitlich wegstanden, sich herunterbeugte und noch einmal diese Warteansage variierte: »Warten ... Warten ... nur ein Weilchen«, hörte ich den Satz eher als eine ganz und gar merkwürdige Anleihe, und auf einmal klang es nicht mehr nach Weilchen, sondern beunruhigend. Das Telefon läutete mehrfach, ich hörte es nicht, sah aber, daß sich die Gestik wiederholte oder daß der Hörer auf den Tisch abgelegt wurde, wobei der Sprecher immer nur JA zu sagen schien und dieses mit einem übertriebenen Kopfnicken unterstrich.

Endlich kam aus dem Gang ein junger Polizist, dessen Uniform so neu war, daß ich meinte, die Stärke herausbröseln zu hören. Er sagte nur: »Kommen Sie mit«, ließ mich nicht zu Wort kommen: »Ich weiß, ich weiß, folgen Sie mir!« Von den vielen geöffneten Räumen, die alle leer und einheitlich waren, wurde mir das kleinste zugewiesen. Da wußte ich schon, was auf mich zukommen würde. Die Tür wurde mit Schwung aufgestoßen, und der Dicke setzte sich mir gegenüber, wie ein Arzt.

Ohne die Milderung der Glasscheibe besaß er eine Art Jovialität, die einem auf der Stelle das Gefühl gab, mißgestaltet zu sein.

Jetzt, als ich ihm gegenübersaß, war ich dankbar, daß ich ihn vorher so lange hatte sehen können und vorgewarnt war.

Mit eisiger Freundlichkeit stellte er fest: »Ich nehme an, Sie haben triftige Gründe, so lange zu warten! Polizeistation ist keine Sozialstation!«

Ich unterbrach ihn, um mich sofort als gleichberechtigt einzuführen: »Was Sie nicht sagen, sehr interessant. Als Sozialstation wäre Ihre Polizeidienststelle allerdings nur zur Nachbehandlung geeignet. Es dauert zu lange!« Nach diesem Auftakt, den er mit einem Grinsen beantwortete, lehnte er sich in den Stuhl zurück und sagte: »Kommen wir endlich zur Sache, worum geht es! Und ... sollte es richtig sein, daß Sie, was ich annehme, zum Denunzieren kommen ... gleich vorweg: bei uns Sense, da läuft nichts mehr!« Und um gleich weitere Punkte für sich zu gewinnen, fragte er nun doch: »Ledig? Verheiratet? Geschieden?« Ich merkte, daß ich aufpassen mußte, um nicht selbst in üble Fragen verwickelt zu werden, und sagte nun ruhiger: »Meinen Sie, wie kommen Sie darauf? Woher wissen Sie das?«

Keine Antwort, ich fuhr weiter fort: »Um es kurz zu machen. Ich wohne im Hotel zur Post, und dort haben sich zwei Wissenschafter mit einer Frau eingemietet. Die Frau ist hochschwanger, wenn nicht schwerkrank. Sie wird von den Wissenschaftlern gequält, bedroht und eingeschlossen gehalten. Die Frau hat eine Spritze bekommen und liegt nun, sicherlich wehrlos, im Zimmer. Das muß ausreichen, das muß genügen!« Kein Kommentar, nur eine wachsende Verächtlichkeit. Als er nun grinsend die Schultern hob, sprach ich schnell weiter:« »Ich habe mit der Sache nicht mehr zu tun, als meine Pflicht zu erfüllen und Anzeige zu erstatten, mehr nicht, ich bitte Sie um nichts anderes, als diese Anzeige aufzunehmen!« Er legte die fetten Arme auf den Tisch, so daß er mich fast berührte, schnitt mir das Wort ab: »Also doch Denunziation! Hab doch recht gehabt! Was machen Sie da im Hotel, was sind Sie, warum wohnen Sie da, haben Sie überhaupt einen Beruf? So viel Zeit macht stutzig!«

Ich fühlte eine leichte Röte hochsteigen, denn augenblicklich war mir klar, daß ich gleich in der Falle sitzen würde, und versuchte eine Umschreibung, die mir mißlang: »Ich bin Künstlerin«, sagte ich und verbesserte in der Hoffnung, den Schaden zu begrenzen: »Nein also – ich bin Autorin.« Er lachte auf: »Was? Was ist denn das?« Jetzt war nichts mehr zu machen, ich gab mich geschlagen, und dieses Schweigen nutzte er sogleich und fragte: »Gibts so was noch? Ich dachte, der Beruf wär ausgestorben, unsereins erlebt hier mehr, als jede Fantasie hergibt, das können Sie mir glauben!« Genaugenommen wußte ich, daß er gesiegt hatte, daß ich jetzt nur noch einen Fehler nach dem anderen begehen konnte und daß ich aufpassen mußte.

»Also – halten wir mal fest...« schloß, er mich nun ein: »Sie sind unverheiratet, unzufrieden, leben in den Einbildungen der Fantasie, das ist ja Ihr Beruf, das haben Sie selbst zugegeben, und nun kommen Sie hierher – und halten mich mit einem Stoff auf, den Sie nicht aufs Papier kriegen, oder?« Ich war so überrumpelt, daß ich ihn nicht unterbrach, so daß er ungestört weiterreden konnte: »Ich kenne Frau Schumacher, eine liebe, kluge Hotelfrau, der Sie doch gleichzeitig unterstellen, in ihr Hotel Verbrecher einzulassen, oder? Also eine sogenannte Doppeldenunziation, oder?« Er legte die Kugelschreiber aus der Hand und fragte schneidend: »Ja und, was machen Sie denn da im Hotel? Arbeiten? Die Zeit totschlagen? Fantasieren?«... Die Suche nach den Stiften, die ihn abzulenken schien, benutzte ich, um mich aus der Schlinge zu bringen: »Ein für allemal: Ich bin eine berufstätige Frau, die Urlaub macht und die sich erlaubt hat, in einem Hotel zu wohnen, das sie bezahlt, und die dort eine Frau gesehen und gehört hat, die geschlagen worden ist und die gegen ihren Willen festgehalten wird!«

Nun stand er auf, öffnete das Fenster mit einer Geste, die mir anzeigen sollte, daß ich zu viel schlechte Luft verbreitete, ich sagte, um die Sache zum Abschluß zu bringen: »Ich verlange nicht mehr, als daß Sie meine Angaben überprüfen, die Frau befragen, die kein Deutsch spricht und die mehr krank als schwanger ist, daß Sie die beiden Männer verfolgen, die eine Frau schlagen, das ist alles, mehr nicht!«

Ich war erleichtert. Er war nun in der gelassenen Pose eines Arztes, der gewohnt ist, die Diagnose ohne den Patienten zu machen. »So – meinen Sie, denken Sie!« Ich muß gestehen, daß hier der Moment eintrat, von dem an ich nur noch entkommen wollte, ich begriff auf einmal, daß ich, sollte ich nicht einen schnellen Fluchtweg finden, von einer Gefahr bedroht war, die ein Netz über mich auswarf.

»Sehen Sie«, sagte er jovial: »Jetzt kommen wir der Angelegenheit schon näher. Es ist schon so, wie ich sagte: Mann quält Frau, Frau leidet, wird eingeschlossen, Frau ist gut; Mann ist Tier, böse und macht schwanger! Sie sind natürlich fantasievoller, von Berufs wegen, aber im Endeffekt gehts aufs selbe raus. Versteh einer die Weiber! Die Telefone stehen nicht still, Tag und Nacht: Mein Mann hat Haare bis über den Rücken. Mein Mann grunzt. Mein Mann macht die Affenstellung. Mein Mann kriecht im Suff auf allen vieren. Mein Mann wird zum Vieh! Genügt das!? Verstehen Sie, ein Gerücht hat ausgereicht, um eine Artenmutation vom Busch ins Schlafzimmer zu verlegen! Die ganze Stadt ist eine Schande, jeder und jede gegen alle, Hauptsache, ich nicht! Und was wir hier alles erleben: Einsätze Tag und Nacht, weil überall das Ungeheuer herauskriecht! Aus dem Leib, aus dem Hirn ... und jetzt aus Ihnen! ... Ich sag Ihnen was: Ich geb Ihnen die Adresse von einem Arzt, der Ihnen helfen wird!«

Und während er aus dem Computer eine Adresse herausholte, verspürte ich wieder jene detektivische Kraft, die ich am Morgen erfahren hatte.

Ich dankte für die Hilfe und beschloß, in das Unbegreifliche einzudringen, das ich von ihm bestätigt bekam.

Freigang

Wie sich die Stimmung von einem Moment zum anderen ändert, wandelt und sich gegen einen richtet. Es ist, als würde der Kopf ermahnt werden: Kenne deine Grenzen. Der rationale Teil wird überschwemmt, ordnet sich dem Andrang physischer Vorgänge unter: dem Herzklopfen, Pulsrasen, Schwindel, heißen und kalten Erregungswellen.

Immer wieder sagte ich mir: Geh ruhig, laß dich nicht von Schwindel forttragen. Ein Blick in ein spiegelndes Glas half: Ich ging ruhig, der Ausdruck übermäßig konzentriert, aufrecht und gerade. Mir war, als trüge ich mein Gepäck auf den Schultern, von dem ich wußte, daß es im Hotel auf mich wartete.

Der Mund war trocken, und ich sagte mir, daß ich durstig sei. Ja – es ist einfach, sich zu beschwichtigen, so sprach ich mit mir. Vielleicht bewegte ich dabei sogar die Lippen, vielleicht so heftig, wie ich es auf der Polizeistation gesehen hatte.

Mir fehlte eine warme Mahlzeit, sagte ich zu mir selbst, eine dieser warmen Mahlzeiten, die den Tag in zwei gute Hälften teilen.

Es stimmte, seit Tagen hatte ich nichts Rechtes gegessen, kein Wunder, daß der körperliche Widerstand geschwächt war. Fleisch, auch Fleisch fehlte mir. Ich wiederholte das Wort: Fleisch, ein Wort, das sich über einen stülpt und etwas Verschlingendes hat.

Ungewollt hatte ich ein übergroßes Stück Fleisch vor Augen, eines jener Fleischstücke, die jedes Hungergefühl auf der Stelle absterben lassen.

Eine Welle von Übelkeit durchfuhr mich, während die Hand in der Tasche immer noch die Adresse des Polizisten umklammerte.

Ich lief nun nicht mehr, ich war getrieben, den Blick auf den Boden, blind gemacht vom Überfall verwirrender Eindrücke, ich wurde mitgeschleppt und mitgezogen von unendlich hin und her wallenden, wogenden, laufenden und gehenden Beinen. Nur Taschen, Tüten, Koffer, Körbe neben dieser rastlosen Bewegung von Beinen, Füßen und Schuhen, ein Meer aus Schuhen, die Produktion ganzer Fabriken, stiefelte, stelzte, wackelte, scharrte und stümperte um mich herum. Und ich begann sie zu verfolgen, schneller und schneller, ein Kinderspiel, das mich erleichterte, mich in die Wichtigkeit und Gerichtetheit der Bewegungen von anderen rettete und dem Herzrasen einen Grund verlieh.

Am auffälligsten die neuen Schuhe, Schritt für Schritt verpassen sie dem Fuß, dem Gang, die steife Form, die Kapriolen des Leders, die Züchtigung des Absatzes; wie sich die Füße, die Zehen, die Ballen ledern und knechten lassen, wie die Farbe, die Mode, der Einfall über den Schmerz siegen; ich folgte den schmalen, eleganten Fesseln, die schlank und frei den Kampf im Schuhwerk verleugnen, eine Schönheit, die vortäuscht, daß es sich lohnt, den Schuh anzubehalten, den der Fuß lieber von sich werfen würde.

Weniger und unauffällig die Männerschuhe, die Neid auf Wohlbefindlichkeit auslösen, die auf selbstverständliche Weise bezeugen, daß es ein Fuß auch schaffen kann, mit wenig Schmerz die Welt zu erobern.

Gemessen und sicher wippen sie vom Boden ab, schmeichelnd umrahmt vom Fall der Hosen.

Eine Frau lief gegen mich, wir blickten uns verdutzt an, und ich hatte den Gedanken: Ich möchte mit ihr eine Tasse Kaffee trinken, einfach ein paar Worte sprechen, die helfen würden, mir selbst wieder vertrauter zu werden, die nichts wüßte von dieser Verwirrung, von der ich zu wissen glaubte.

Meine Hand erfühlte wieder den Zettel, und obwohl ich wußte, daß ich ihn bald als Hohn und Zumutung entlarven würde, war mir doch, als müßte ich ihn behalten, als Beweisstück, diese Adresse, das einzige Beweisstück, das meinen Verdacht bestätigte?

Ich zog die Adresse aus der Tasche, las: Dr. med. Karl Lebowitz, Neurologe, Züseler Weg. Für einen Augenblick empfand ich Schadenfreude, daß dieser Arzt, bereits informiert, nun auf mich warten würde, um mich wieder zur Ruhe, zur Vernunft, zu bringen.

Dabei erfaßte mich der Zorn wie ein so wilder Schwindel, so daß ich seitlich an eine Hauswand geworfen wurde, die meinen Fall gelassen aufnahm und mir den Halt gab, den Kopf zu heben, die Enge des Denkens zu öffnen. Der Himmel schien sich gesenkt zu haben, milchig und diesig hing er über den Häusern, die Luft war stickig und von klebender Schwüle.

Und wie um dieser Last etwas entgegenzusetzen, formte sich ein Wort in mir: ›Metaphosphoreszierende Verwandlung.‹ Hatte ich dieses umständliche Wort eben am Kiosk gelesen, hatte es jemand benutzt? Ich ließ mich an die Hauswand zurückfallen, jetzt weniger aus Schwindelgefühl. Da packte mich ein Passant, riß mich von der Wand weg, sah mir mit erfrischender Beherztheit in die Augen und fragte: »Himmel, was ist Ihnen!« Und ich noch ganz versonnen: »Das Wort VERWANDLUNG ist es, und davor noch eines, das einem die Zunge bricht.« Und sah ihn an, den, der über Humor und Zeit verfügte, mich schlicht am Arm nahm und sagte: »Wissen Sie, wenn man an einem Wort so herumkaut, muß man großen Hunger haben, ich schlage vor, wir gehen diesen sofort und auf der Stelle stillen. Gleich hier ist ein Restaurant, alle anderen sind entweder geschlossen oder servieren als Hauptgericht: Mißtrauen, schlechte Laune und hohe Preise!«

Und ehe ich es begriffen hatte, betraten wir beide ein Lokal, in dem es noch so leer war, daß einen die pompösen Löwen, goldenen Vliese, Drachen und züngelnde Schlangen aus dem Dickicht des Raumes anfielen. »Sehen Sie, da sind wir schon, hier gehe ich öfters essen, es ist ruhig, preiswert, und das widerlich in Aufregung versetzte Kleinstadtvolk bleibt draußen, fürchtet die asiatische Ruhe! Gefällts? Gehts besser?« Ich nickte, glaubte mich auch ohne Bissen schon geheilt. Mit wehendem Mantel und wehendem Haar eilte er auf den hintersten Tisch zu; zarte Teetäßchen, zarte Vasen mit Buschwindröschen warteten dort, und wie jedesmal passierte es mir auch hier, daß ich entzückt war von der Verspieltheit dieser Kultur.

Er schien energiegeladen, und eine ungewöhnliche Haarmähne in Farben von hellblond, schwarz und grau umflammte sein Gesicht, das solcher Konkurrenz nicht gewachsen war. Die Freundlichkeit allerdings und die seltene Offenheit machten es schön.

Was aber sofort alle Vorbehalte ausräumte, war die

wohltuende und unangestrengte Art eines längst vergangenen Kavaliertums. Ich fühlte mich so aus allen Irritationen entlassen, daß ich, noch während ich mich niederließ, den Gedanken hatte: Nun beginnt die Zeit, die sich langsam und stetig bis auf den Grund meines Wesens ausbreiten wird.

Durch den unverhältnismäßig großen Krafteinsatz, mit der er seinen leichten Mantel an die Garderobe hängte, sich dabei umsah und mir fast gütig zulächelte, war mir klar, daß er mich unterhalten würde, die Rede führen, und daß ich aus ihm all das herausbekommen könnte, was sich in mir und außer mir mehr und mehr verrätselte. Ich konnte mich zurücksetzen und brauchte nichts anderes zu zeigen als ein Interesse an ihm. Das dachte ich, aber mir schien auch, als liege seine Liebenswürdigkeit ein wenig auf Lauer.

Und während ich eben dachte, er ist gewiß Akademiker mit einer Vorliebe fürs Künstlerische, die mir sehr nützlich sein könnte, setzte er sich auch schon mit großem Aufwand an den Tisch, ruckelte mit dem Stuhl hin und her, klopfte die Tischdecke glatt, fuhr sich aufgeregt durch das Haar, das davon unbeeindruckt blieb, richtete die Krawatte mit einem Nilpferdkopf, die ihren Sitz keinen Millimeter veränderte, setzte sich wieder und wieder im Stuhl zurecht, daß ich das Bild eines Huhns, das sich im Sand ein Legebett raschelt, vor Augen hatte und lachen mußte. Er sagte: »Sehen Sie, jetzt geht es Ihnen schon besser, Sie bekommen direkt Farbe!« Ich wußte, daß das nicht stimmt, und er nahm die Speisekarte, hielt sie sich wie einen Theatervorhang vor Augen und spielte: »Na ...? Was machen Sie wohl? Darf ich raten? Sie sind beruflich hier, ich nehme nicht an, daß Sie in einem solchen Kaff freiwillig wohnen würden, anders ausgedrückt: Sie sind neu hier, Sie wären mir nicht entgangen!« Aufpassen, dachte ich, und mir fiel das Erlebnis mit der Polizei ein. »Ich bin Journalistin«, sagte ich. Er machte eine gönnerhafte Geste, die ›alle Achtung‹ ausdrückte, und fragte gleich weiter: »Und – der Mann, was macht Ihr Mann, wo steckt er?« Ohne nachzudenken sagte ich: »Welchen meinen Sie?« Das machte ihn nun ungestüm, er schüttelte die Mähne, als sollte sie gezüchtigt werden, klappte vergnügt die Speisekarte auf und frohlockte: »Mein Gott! Habe ich auf einmal Hunger!«, und herausfordernd zu mir: »Wenn mir heute jemand gesagt hätte, daß ich mit einer so klugen Frau Essengehen würde, dem hätte ich ...«, er suchte verschmitzt, »für zwei Tage mein Augenlicht vermacht! Sie müssen wissen: Ich bin Augenarzt, ich weiß, was ich sage!«

Er blickte von seiner Karte auf, um eine Reaktion von mir zu erheischen, und da verriet sich wieder das kleine häßliche Mißtrauen, die Unsicherheit, die für einen Lidschlag lang das Gesicht scharf machte, die Offenheit Lügen strafte. Ein kleines kaltes Kind blitzte mich an und erzwang Zuneigung. Ich sagte: »Sie brauchen sich nicht zu fürchten, ich finde Ihren Beruf schön, ich habe natürlich keine Ahnung davon, ich habe nur die Augen dafür!«

Das gefiel ihm, seine Heiterkeit kehrte zurück, und er rief sofort nach der Tochter oder Frau, denn auch dieses Lokal war ein Familienbetrieb, die, die nicht arbeiteten, saßen dichtgedrängt um einen Tisch und machten den Eindruck, übermäßig viel in großer Ruhe zu verzehren. Mir gefiel, wie er seine Freude an die Bedienung weitergab, und einen Blick auf mich, rief er: »Ich möchte die Nummer 29 mit allen Schikanen, und Sie?« – »Ich auch!« fiel ich ein: »Sie haben im wahrsten Sinne des Wortes: Geschmack!«

Gläschen, Stövchen, Kunstblumen, Tellerchen und zuletzt die Gerichte versammelten sich auf dem Tisch, und ich versank in der einschmeichelnden Gastlichkeit.

Ich staunte über mich, wie schnell und gründlich die Drohungen zerfallen waren, ja – selbst ein eben noch empfundenes, undeutbares Außersichsein war verflogen. »Wie konnten Sie hier in diesem Kaff, wie Sie sagen, Ihre Bildung aufrechterhalten«, fragte ich: »Es gibt ja nicht mal eine Zeitung, die Kinos sind, wie es scheint, meist in Renovierung!« Er unterbrach mich und sagte: »Aha – Sie scheinen also eine dieser neuen Mitarbeiter bei dem Tagblatt zu werden, das man überfallen hat und kurz und klein zertrümmert! Da kommt Freude auf ... denn die zuletzt geführten erbärmlichen pseudophilosophischen Betrachtungen über den Menschen und das Tier waren schwer erträglich!«

»Nein, nein, Sie irren«, sagte ich und setzte meine Brille auf, um das Gericht in Augenschein zu nehmen.

»Sehn Sie, ich wußte, daß Sie weitsichtig sind. Es paßt zu Ihnen, daß Sie alles haarscharf in der Entfernung sehen, eine Bewohnerin der Zukunft! Ja – die Zukunft, eine der wenigen Eigenschaften, die aus dem Tier den Menschen machen, aber allerdings ... nein, nein, warten Sie! ... Auch Sie können die nach vorn gedachten Ereignisse nicht lesen: Dazu brauchen Sie eine Brille, die Ihnen verdeutlicht, daß Sie sich unter Umständen gleich zweimal irren, denn die Brennschärfe, die nun künstlich vor dem Auge das Hervorgebrachte vergrößert, ist eher der Beweis, daß das weite Sehen nur eine impulsive Vorahnung ist, das zweite, korrigierte Sehen eine Übertreibung; gefährlich ist beides!« Ich nahm die Brille ab, um ihm zu zeigen, daß ich auch in der Nähe gut sehen kann, das beeindruckte aber nicht: »Das nützt nichts, Sie sehen nun verschwommen, vielleicht den Zustand, der der Wahrheit am nächsten kommt! Sehen Sie, auch Sie wären vor nur wenigen Jahren, in der Zeitrechnung der Ewigkeit, ohne alle Bildung geblieben, sie wären wie eine Blinde, die sich selbst dieses dumme Tagblatt hätte vorlesen lassen müssen. Die Erfindung der Brille ist wie die Erfindung des Buches, der Bildung überhaupt!

Und haben Sie schon einmal beobachtet, wie die weisen Mönche, die Geistlichen, die wirklich großen Geister, trotz eines Sehglases, sich angestrengt und tief hinunterbeugen auf das, was ihnen vor Augen ist?

Sie mißtrauen ebenfalls dem Hervorgebrachten, Sie wissen, daß mit jedem Sehen der Irrtum sich in dem Maße vergrößert, ja, verunheimlichen kann, in dem die Brennschärfe steigt! Warten Sie! ... Und da wären wir im Zentrum unserer Geschichte, unserer Stadt: Die Grauzone brennt! Ganz einfach! ... Schmeckt es? Sie müssen entschuldigen, ich rede gern und viel!« »Sie meinen, Sie dozieren gern!« sagte ich, ohne daß er es zu hören schien, denn er war nun so in Fahrt, daß der Lockenkopf nicht aufhörte, sich zu schütteln: »Ja – selbst Sie, Sie kluge Person, wären ohne die Ruhelosigkeit der Erfinder eine, die sich vielleicht schon füttern lassen müßte!«

Nun wurde es mir zuviel, und ich sagte: »Es quält Sie, daß Sie nicht der Erfinder der Bibel sind, nicht wahr? Essen Sie, es schmeckt wunderbar ... und erzählen Sie mir lieber etwas aus der grusligen Stadt!« Ich wollte vorsichtig sein, um nicht durch gekränkte Abwehr noch mehr solcher Gigantonomien aufgetischt zu bekommen.

Und da war er, jener häßliche Ausdruck im Gesicht; mit einem tückischen Blitzen ließ er das Besteck fallen, und mit ihm alle Liebenswürdigkeit, und rief: »Ha, ha ... da ist es! Da kommt es zum Vorschein, hätt' es mir doch gleich denken müssen: Eine stolze, emanzipierte Frau sitzt mir hier gegenüber! Ich Gestrafter!«

Einen Augenblick war er aus der Fassung, nicht mehr, dann gewann er seinen Charme zurück, und mit einem Blick in die Runde, ob niemand, außer mir, diesen Ausfall hatte beobachten können, setzte er nun mit intimerer Direktheit an: »O ... ich mag nun, weiß Gott! geistreiche Frauen, und selbst der unzivilisierte Mann ahnt in der Schreckenskammer des Inneren, daß beinahe alle Lebewesen vom weiblichen X-Chromosom bedroht bleiben, ich wäre dumm, das nicht einzugestehen! Es droht uns noch eine ganz andere Verweiblichung! Die Zukunft ist ein Östrogen-Ozean, der die Sertoli-Zellen, die für den Ausbau der männlichen Fruchtbarkeit Voraussetzung sind, zerstört, ja – es ist wahr und absolut nicht übertrieben! Wir alle sind einem Östrogen-Effekt ausgeliefert, so daß Sie sich glücklich schätzen können, die Feminisierung schon überstanden zu haben!«

»Was wäre daran so dramatisch?« fragte ich nun bewußt leichtfertig, um dem Gespräch eine Wende zu geben. Nun, da er von mir nicht mehr viel Menschlichkeit erwarten durfte, fuhr er heftig fort: »Selbst wenn Sie unter dem Schwund der männlichen Fortpflanzungsorgane schon nicht leiden, gestatten Sie es bitte den Wäldern, den Meeren und der Erde! Es gibt Untersuchungen, die nachweisen, daß unzählige Tierarten derart komplexe Vermehrungsprobleme haben, daß sie einfach aussterben! Ganze Fischschwärme sind entweder verweiblicht oder bestehen nur noch aus erwachsenen Fischen!« Über so viel Eifer und selbstquälerische Erkenntnis mußte ich nun doch lachen, worauf er mit einer nächsten Katastrophe drohte: »Ja-ja, amüsieren Sie sich nur, wir stehen vor einem Generationsproblem, das sich bald selbst abschaffen könnte: kein Tropfen Wasser, kein einziges Reinigungsmittel, kein Abfluß und kein noch so kleiner Tümpel, die nicht hochgefährlich mit Östrogenen angereichert sind! Und darauf: Prost! Prost!« rief er, und ich nahm an, daß wir auf die Erreger tranken, die unsere Hormone unterwandern würden.

Während wir uns kurz anblickten, der Sturm sich ein wenig gelegt hatte, wagte ich noch einen Vorstoß: »Und – wer hat dieses verpestete Universum hervorgebracht?« Und bevor er das Wort abschneiden konnte, fuhr ich fort: »Doch wohl Ihre so gepriesenen Gelehrten und Wissenschaftler, denen Sie Ihre Brillen verschreiben, nicht wahr?!« Endlich mußte er lachen, aber ich begann, ungehalten zu werden, weil ich zum Thema und etwas Genaueres über die Stadt erfahren wollte. Das schien er zu ahnen, denn er sagte: »Ich komme gleich zur Sache, einen Moment, die Vorgänge, die Sie hier beobachtet haben, haben mit meinem Gedanken ursächlich zu tun! Sehen Sie, selbst Freud hat die Entbehrlichkeit alles Männlichen erahnt, aber er war analytisch gerissen genug, diese unerträgliche Kränkung zu vertuschen und auf die Abstammung von den Primaten zurückzuführen. Ein bis jetzt noch unentdeckter heimtückischer Schachzug!! Ich sag Ihnen ... die Erfindung der Darwinschen Panik, die ein Jahrhundert geblendet hat, vertuscht nicht mehr«, und dabei lachte er auf, »als die Untüchtigkeit, die fragile Abhängigkeit vom Y-Chromosom wegzudenken, ja – die mädchenhafte Zerstörbarkeit dieser einzigen Schaltstelle zu verleugnen. Ja-ja – da hat Freud ganz erfolgreich mit dem nackten Affen gedroht und hat es wirklich geschafft, mit dieser ungeheuren Verschiebung ... die verteufelte Neigung des aufrechtgehenden

Menschen, sich zu verweiblichen, ganz und gar in die Grauzone zu verdrängen! Fantastisch, einfach fantastisch! Das müssen selbst Sie zugeben!«

Der Tisch wurde abgeräumt, und ich nahm mir vor, ihn nicht weiter auszufragen, winkte nach der Bedienung und bat um die Rechnung, um ihm zuvorzukommen. Immerhin hatte er mich fantasievoll abgelenkt und einigen Vermutungen Nahrung gegeben.

Doch hatte ich nicht mit seiner Eitelkeit gerechnet: »Oho! ... Die Dame ist gelangweilt!« Er machte es mir unmöglich, das zu verneinen, und fuhr fort: »So groß scheint Ihr Interesse nicht zu sein, was sollen die Fragen?! Ich hätte Ihnen viel darüber zu erzählen! Nun gut!! Nur eines: Ja – hier brennt die Grauzone, wenn Sie mich richtig verstanden haben sollten, hier inmitten dieser lächerlich albernen Stadt! Sie ist bis zum Rand voll mit den widerlichsten, peinlichsten, falschesten und doch richtigsten Gerüchten. Nein – ich sage nichts mehr, die Dame will ja gehen, nur: Hier ist Gefahr, reale, nicht eingebildete, der Schatten des Schattens vom Schatten geht um, verschlingt, ha! ... Noch mehr?! Sehen Sie selbst, machen Sie sich auf den Weg, gehen Sie nach oben, auf den Buckel der Stadt, da liegt das kuschelige Krankenhaus, ein belangloses – bis jetzt!! Denn hinter diesen schmucken, frisch gestrichenen Wänden wird das Gerücht gekocht und am Leben gehalten, damit niemand merkt, daß uns allen der neue Darwin erschienen ist: die Genforschung! Und daß da oben Experimente vor sich gehen, die den Menschen in den allermeisten Bedürfnissen ersetzen, und weil das ein Teufelszeug ist, verboten und kriminell, wird uns das Gerücht ins Maul gestopft, tischt man uns das Tier in voller Länge und Behaartheit auf, damit ... Alles Quatsch, alles Quatsch!!« Und noch mitten im Ausbruch, reichte er mir die Hand und sagte: »Gehen Sie in den Club Prima, sagen Sie, Sie kommen von Friedhelm! Verschaffen Sie sich damit Einlaß – und sehen Sie, wenn Sie begreifen können! Ich sage, wenn, und damit: Aufwiedersehen!, war schön, mit Ihnen zu sprechen.«

Und damit war er verschwunden und hinterließ eine Stille wie nach einer Detonation.

Zeiten, Epochen, der Horror einer unbremsbaren Zeitmaschine raste durch mich hindurch, ich war offen und durchlässig, die Haut keine Wand, der Gedanke kein Widerstand, das Auge ohne einen Lidschlag. Ich verweilte noch in tiefer Abwesenheit, als ich auf einmal ein zierliches Glas mit Reiswein in die Hand gedrückt bekam, den ich austrank. Die freundliche Chinesin, übers ganze Gesicht lächelnd, bedeutete mir, das nachgefüllte Glas noch einmal zu leeren, dann wandte sie sich der Küche zu, während ich auftauchte und mich umschaute. Die Wirklichkeit, die Malerei und Stickerei der bunten Wände, kam auf mich zu, plastisch brüllten die Löwen im Purpur, sprangen und züngelten die schuppigen Schlangen aus dem Lindgrün einer Weide, weiße, runde Gesichter lächelten starr und auf immer, Hände hielten fremdartige Blumen; und weiter sah ich jetzt den Tisch der stillen Kinder, die nun, schnell von mir wegsehend, Schutz in ihren kleinen Händen suchten, in sich hineinkicherten, gleich darauf artig und schön dasaßen, als gehörten sie zu den Figuren auf Tapeten und Wandteppichen.

Und ganz weit hinten war nun ein Flüstern und Tuscheln, welches sofort erstarb, schaute ich hin, viele Personen verbeugten sich, den Liebreiz des Lächelns auf den Boden gerichtet, die Arme verschränkt.

Die Leere meiner Zeit, dachte ich und lehnte mich zurück, bestellte noch einen Reiswein, in dem Wunsch, diesen aufgehobenen Zustand zu vertiefen, mit dem ich ins Hotel zurückkehren wollte und nichts anderes tun, als auf dem Bett zu liegen, den Geräuschen zu folgen, zu lesen, nichts als zu lesen, einzutauchen in andere Welten, die mich davon erlösen würden, in einer trügerischen Realität herumzustolpern.

Als ich aufstand und mich dankend verabschiedete, war mir so leicht, als hätte ich mich endlich selbst zurückgelassen.

Draußen empfing mich Ruhe, es war fast windstill, und die drückend feuchte Wärme erzeugte eine Friedlichkeit, die mich ziellos eine Weile herumgehen ließ.

Mir fiel auf, daß jetzt, nachdem die Geschäfte geschlossen waren, kaum ein Mensch auf den Straßen war. Nur hinter den Schaufenstern sah ich ab und zu einige Angestellte die Kasse ausrechnen, die Dekorationen erneuern, und unweit von mir hielten einige Busse, die mit mundschutztragenden oder schlafenden Menschen besetzt waren, was mich nicht wunderte, denn die Luft war ungewöhnlich stickig. Was mich aus dem angenehmen Sinnenhalbschlaf riß, war, daß in dem Moment, als einer der schlecht besetzten Busse unweit hielt, eine ungewöhnlich große Anzahl von Menschen mit fliegenden Taschen, Mänteln, Schirmen und Hüten aus den umliegenden Geschäften fast wie geduckt und panisch herausstürmten, sich unflätig und rücksichtslos an der einzigen geöffneten Tür des Busses drängten, daß ich fürchtete, sie würden aufeinander losgehen und sich niederschlagen.

Das brutale Gerangel, Wegstoßen, Fluchen und Schlagen mit allen verfügbaren Utensilien bewirkte, daß einer Frau, die schon den Fuß auf der Eingangstreppe hatte, die

Tür vor der Nase zugeschlagen wurde, wie in Panik brach sie in Geschrei aus. Die Frau blieb stehen, wo der Bus abgefahren war, außer Atem, die Ledertasche, die sie eben noch dazu benutzt hatte, auf die Scheiben des Busses einzuschlagen, fiel ihr, nutzlos, aus der Hand.

Da ich guter Dinge war und durch den Reiswein hilfsbereit, ging ich langsam auf sie zu, wollte mich gerade hinabbeugen, da schrie sie wieder los, bückte sich hastig, hob die Tasche auf, drückte sie an die Brust und rannte mit unübersetzbaren Wortausbrüchen in die Nische eines Schaufensters. Ihre rätselhaften Heftigkeiten fand ich mehr komisch und blieb stehen, und ich glaube, ich machte eine wegwerfende Handbewegung und schüttelte den Kopf, wollte gerade weitergehen, als sie sich nun wirklich wie von Sinnen mit dem Gesicht in die Scheibe, den Eingang verkroch, am ganzen Körper zitterte, mit den Füßen aufstampfte und weinend ausrief: »Da, da kommen sie wieder, die Perversen! Ich habs gewußt!« Und da sah ich wirklich etwas, eine Gruppe von Gestalten, vermummt, verkleidet die Straße herunter kommen. Durch die beginnende Dunkelheit wirkte es, als stiegen sie aus den Schächten, Aufbrüchen der Straße, vereinigten sich mit anderen skurrilen Gestalten aus Seitenstraßen, Hauseingängen und unübersichtlichen Mauervorsprüngen. Ich wurde nun auch von Furcht gepackt und sprang auf den Hauseingang zu, suchte Schutz an dem engen Plätzchen, und ganz entgegen meiner Erwartung stemmte mich die Frau nicht von sich, sondern sie verkroch sich in meine Jacke und rief: »Sind sie schon da, die Perversen!«, am ganzen Leib wie im Fieber schlotternd.

Diese, die Straße sich abwärts bewegende Gruppe, umgab eine Lautlosigkeit, als wälze sich eine dunkle Wolkenwelle auf uns zu, selbst der scheinbare Gleichschritt, in dem sie sich unserem Versteck näherten, erhöhte eher die Wirkung des Fantastischen als des Gewalttätigen, deshalb war mir auch die vorweggenommene Panik der Frau, die immer noch in meine Jacke: »Weg, weg ...« wimmerte, fast peinlich.

Allmählich konnte ich erkennen, was den Aufmarsch so fantastisch machte: Es waren keine Menschen, die sich da hinter einem riesigen Transparent anschlossen, es waren Tiere. Aufrecht gehende, mit Kuhfellen, Katzenfellen, Hunde- und Kaninchenfellen behängt oder eingewickelt, ja, selbst Schlangenhäute und Vogelmenschen waren unter ihnen.

Sie gestikulierten, gingen, schleppten, schlurften, hüpften und humpelten nach der Art des jeweiligen Tieres.

Seitlich hüpften Riesenvögel, mit Federn, die dolchig vom Kopf, vom Leib in alle Richtungen abstanden und deren schillerndes Wippen einem Fliegen gleichkam. Hinter den ersten beiden Tieren ging ein Trommler, der keinen einzigen Schlag schlug, sondern nahtlos in einem Kuhfell mumifiziert mit erhobenen Klauen dem Tranparent folgte.

Inzwischen konnte ich auch die Aufschrift lesen:

»Die letzten Zeugen der Tierheit.«

Nun löste sich auch das Rätsel der bebenden Stille, eine Beklemmung, die mich immer dichter angriff und mich zwang, den Mund aufzureißen: An den Füßen trugen sie Katzenfelle, die Köpfe der Tiere waren ausgestopft und nickten bei jedem Schritt mit toten Augen.

Die fremde Person und ich waren inzwischen zu einer Angsteinheit verschmolzen, diese kleine, enge Nische, die uns Schutz bot, sie würde gleich entdeckt werden, die Straße war nun ganz menschenleer, nur erhellt durch die Schaufenster und das Licht aus einigen Fenstern, die allerdings, so schien mir, im Näherkommen des Tierstromes plötzlich schwarz wurden.

Wir drückten uns mit dem Rücken an die Wand, hielten die Hände erhoben wie zur Ergebung und hofften, der Spuk würde sich auflösen. Mein Blick traf tote Tieraugen, die jetzt vollkommen bewegungslos einen Kreis um uns bildeten, der Trommler trat nach vorn und schlug mit der Klaue einmal die Trommel, die einen dumpfen, tiefen Ton gab, der das Herz traf.

Jetzt begann ein wahres Trommelfeuer, so daß wir uns duckten. Inmitten der Raserei hob er plötzlich beide Klauen beschwörend in die Höhe, es trat eine schreckliche Stille zwischen uns, die wie ein Abgrund wirkte. Der kalkulierte Schreck wurde sofort von einem Redner genutzt, der düster drohend den dunklen Abendhimmel beschwor und mit dröhnender Stimme ansetzte: »Wir sind die letzten Zeugen der Tierheit! Die Rächer der Tiere! Gott ist erzürnt! Gott ist nicht tot! Gott ist wach und lebendig! Gott verstößt euch und holt die Tiere heim ins himmlische Reich! Hört, hört alle!« Er machte eine kontrollierende Runde, da nahm ich schnell die Arme herunter, während die Frau neben mir, nun wütend, zischte: »Perverse! Dreckspack!« Da war aber kein Publikum, nur Lichter gingen aus, und Haustüren wurden zugeschlagen: »Ja – schlaft nur!« drohte er wieder: »Dunkel ist es! Wir finden euch!« Der Trommler trommelte eine kurze dumpfe Bestätigung: »Gott hat uns die Stimme der Tiere gegeben! Durch uns spricht Er zu euch: Wißt! Gott ist allein Gott. Der Mensch ist nicht Gott, der Mensch ist nicht gottähnlich. Der Mensch ist sündig, der Mensch ist böse, der Mensch ist ein Kannibale, denn er tötet das einzig gottähnliche Wesen: das Tier. Hört ... wir sind das Gericht Gottes, wir rächen die gemordeten Tiere! Hört ... dort oben auf dem Berg, auf dem Berg wütet Gott! Habt Furcht, ja – habt Furcht, er zieht euch die Menschenhaut ab und verwandelt euch in ein Tier, das unter der Erde lebt, hört! ... in den Wald des Universums verbannt wird! In ewige schwarze Finsternis!!«

Auf einmal wurde ein Fenster aufgerissen, und eine keifende Stimme rief: »Schluß mit dem Mummenschanz! Da habt ihr einen Freßnapf!« ... In hohem Bogen segelte nun ein weißer Nachttopf aus dem zweiten Stock, direkt neben den Trommler, der darauf nur einmal mehr das Trommelfell strich, während der Vorsprecher, fast unmerklich inzwischen, »Hört, hört ...« ausstieß.

Und da wurde mir klar, daß sie niemanden berührten, daß ihre Worte allein ihre Waffe waren. Der erregt schnaubende Redner gab kein Zeichen der Einschüchterung zu erkennen und drohte weiter mit Worten, jetzt in Richtung des Fensters, aus dem das Nachtgeschirr geflogen kam: »Höre du da! Ihr alle, ihr fürchtet euch, weil ihr wißt, daß nicht ihr, nur das Tier gottähnlich ist! Ja – weil es offenbar wird, daß selbst das tote Tier die höherstehende Gattung ist! Wißt: Das Tier ist die einzig wahre Wiederkehr des Menschen, nicht ihr, nicht ihr! Niemand von euch! Ihr seid verdammt!«

Und nun überschlug sich seine Stimme und bekam einen hellen Kreischton, aber sofort rettete ihn der Trommler mit düsteren und monotonen Schlägen aufs Fell.

In diese Pause fuhr ein Aufruhr, auf einmal gab es unzählige Fenster, helle und dunkle, die aufgerissen wurden, und wütende, sich überschlagende Stimmen, die »Perverse! Dreckspack!« brüllten. Und im Nu verschob sich das schaurige Geschehen von der Straße in die Stockwerke der Häuser, aus weit aufgerissenen Fenstern flogen Tassen, Teller, Töpfe, Gläser, alles, was auf dem Boden zerschmettert, klirrend zerbirst und in alle Richtungen einen gefährlichen Splitterregen verbreitete. Ein Wutausbruch, den ich dieser leblosen Stadt niemals zugetraut hätte. Ein aufgebrachtes und stimmwirres Treiben von Fenster zu Fenster, die Masse schien sich einig, jubelte, pöbelte und warf alles, was zu erwischen war. Die Straße sah in kürzester Zeit aus wie nach einer Explosion. Was aber am eindrücklichsten war, die Gruppe der Tiere, deren Trommler nur einmal noch den dumpfen dunklen Herzton schlug, sammelte sich und bewegte sich, ohne die geringste Unruhe, in die Richtung, aus der sie gekommen waren. Es schien wie eine Bestätigung ihrer Drohungen, daß keines der trudelnden, platzenden Wurfgeschosse sie traf, sie nicht einmal beeinträchtigte. Sie lösten sich aus der tobenden Straße und hinterließen dennoch eine bebende Stille. Klein und kleiner wurde der schlurfende Haufen, bis er wie ein einziges, sich fortbewegendes riesiges Tier wirkte, ein wabernder Einzeller, der unberührt die Aufgeregten und Wütenden zurückließ.

Nachtgang

Nachdem ich mich von der Frau getrennt hatte, folgte ich einem Schild, auf dem RATHAUS stand, denn die Aufregung, die ich nach diesem Schauspiel empfand, nährte den Wunsch nach Menschen in mir.

Das Seltsame bekam auf einmal eine Körperlichkeit, die mich anzog.

Unvermittelt stand ich auf dem Platz, mitten vor dem prächtigen, wenn auch kleinen RATHAUS. Endlich Menschen, zeitvergeudend, nicht schreiend, einzeln Umherwandernde, Paare und Gruppen, die über das Kopfsteinpflaster schlenderten, einander umarmten, lachten, eingehakt vor dem schönen Bau verweilten, langsam den Restaurants zu gingen, die rund um den Platz lockten. War ich in einem unterirdischen Krieg gewesen? War ich nun geborgen? Und überall Licht, Scheinwerfer aufs Rathaus, die figurenbesetzten Treppen, den Himmel, die Nebengebäude und Portale.

Grellweißes Licht in Flugschneisen aus der Höhe einer Kirchturmspitze, gelblich und mattweißes aus der Erde, warm lockendes aus Erkern und Vorsprüngen, sandfarbenes aus bemalten Fenstern und unzählige flackernde, blitzende und strahlende Quellen, die den Stuck, die Inschriften plastisch hervorhoben; und oben unter den Zinnen die

Herrschaft der Zeit: Rotglühende und golden glitzernde Figuren drehten und tanzten aus einem tiefen Dunkel heraus, schlugen die Zeit an: zweiundzwanzig Uhr. Wie schön ist das Leben! dachte ich.

Die Helle, das Licht, die unerwartete Oase inmitten der lebensverdunkelten Stadt erfrischten mich so, daß ich begriff, wie schwer mich schon der Trübsinn der Tage angesteckt hatte.

Im Wiederbelebungsreflex faßte ich nach meinem Geld, es würde noch für Trinken und Essen reichen. Ich suchte in Ruhe nach einem Lokal, schaute durch die Fensterscheiben, entdeckte ein verliebtes Paar, das die Blicke nicht voneinander lassen konnte. Der Anblick, die Rührung machten, daß ich stolperte. Es geschieht dir recht, bestrafte ich mich, aber das Ungleichgewicht des Körpers setzte auch das Einfachste frei: die Reise, die Entscheidung von Grund auf zu überprüfen!

Und wenn ich abführe? Wie eine Erscheinung trat dieser Wunsch aus dem Dunkel hervor, und ich floh davor in den nächsten erleuchteten Eingang.

Der Zufall wollte, daß es eines jener Lokale war, die jedem Besucher gleich an der Eingangstür die Persönlichkeit abnehmen, die ihre Kahlheit mit vielen Spiegeln, lang herunterhängenden weißen Tischtüchern und Glastheken kaschieren. Es war mäßig besetzt, an unbequemen Tischen und Stühlen saßen überwiegend junge Menschen, die sich angeregt unterhielten. Ich setzte mich zwischen zwei Tische, neben einem Fenster, weil ich hoffte, ein paar Gesprächsbrocken auffangen zu können. Am Nebentisch saßen vier Personen, gut gekleidet, und ich hatte den Gedanken, sie könnten in der Straße wohnen, in der ich heute schon gewesen war. Die Frau war mir sofort sympathisch, sie sah mir vergnügt zu, wie ich mich ein wenig schwerfällig verteilte, sie spielte an ihrer Halskette, schob die rotgesprenkelte Brille etwas von der Nase und sagte: »Nehmen Sie nur schnell Platz, das Lokal schließt gleich!« Danach setzte sie das Gespräch fort, das sie scheinbar eben unterbrochen hatte, und ich hörte sie sagen: »Ach – weißt du, wenn es das nicht wirklich gäbe, müßte es erfunden werden!«

»Ja-ja – du hast vollkommen recht, es ist die perfekteste Art, aus der Geschichte abzutreten – und zwar schuldlos!« unterbrach sie ihr stämmiges Gegenüber, steckte sich die Pfeife in den Mund und verbreitete die Gewißheit, den ewigen Rätseln auf die Sprünge gekommen zu sein.

Ich bedauerte, daß ein schlanker, eleganter Kellner mich ablenkte, der sagte: »In einer halben Stunde schließen wir!« Mit diesem ausladenden Satz ließ er die weiße Serviette über den Tisch wedeln, zwei-, dreimal, streifte mich flüchtig: »Ein Bier könnt ich noch bringen, mehr nicht!« »Gut, bringen Sie ein Bier!« Und wieder wunderte ich mich, daß die Lokale so früh schließen, wenn sie überhaupt öffneten, und als die gut gelaunte Frau am Nebentisch erneut auf mich aufmerksam wurde, wagte ich die Frage: »Entschuldigen Sie, gibt es noch Lokale, die nicht so früh schließen?« Sie bändigte ihre rötlichen Haare, verschob wiederum die Brille und lächelte verschmitzt: »Wenn Sie nicht wollen, daß Sie irgendein Unhold aus dem Gulli von hinten anspringt oder ein Besoffener Sie für einen Gorilla hält, und wenn Sie nicht wollen, daß jemand Sie anfängt zu lausen...!« Und mit einiger Schadenfreude, so schien es mir, erhob sie sich, die anderen folgten ihr, und sagte: »Wenn Sie all das nicht so gern mögen, bleiben Sie im Bett! Und am besten: allein!« Sie stupste mich an die

Schulter, warf dem Ober ein: »Bonne Nuit« entgegen und verschwand. Ich starrte in mein Bier, ohne Gedanken, eine dumpfe Müdigkeit überkam mich, und ich hatte gerade noch die Kraft, mir erneut vorzunehmen, morgen diese Frage ein für allemal zu klären.

Einige der Lichter wurden schon abgeschaltet, es mußte ein Nieseln eingesetzt haben, die verlassenen Pflastersteine glänzten, und ein Pärchen lief unter einem Mantel in die Dunkelheit hinein. ›In die du gleich gehen wirst‹, sagte es in mir, und zum ersten Mal streifte mich, bewußt und in aller Wachheit, ein Anflug von Entsetzen; als ich das Bierglas anhob, schnell trinken wollte, um diesen düsteren Besuch zu verjagen, war ein Zittern in den Händen, den Fingern, daß ich das Glas absetzen mußte und mich umschaute, ob es jemand gesehen hatte. Meine Hand zitterte so, daß ich die andere zu Hilfe nehmen mußte.

Ich blickte in das Gleißen der letzten Lichter, das Zutrauen wuchs, und ich konnte mit beiden Händen das Glas zum Munde führen und wußte, daß ich ins Hotel zurückkehren mußte, um mich auszuruhen, wirklich auszuruhen. Wieder wurde ein Scheinwerfer abgeschaltet, es sah aus, als würde das Licht vom Mast geholt, ein zarter Schleier glimmte und nebelte nach, als hätte die Schärfe der Helligkeit eine kaum sichtbare Wunde hinterlassen.

Die Wut des Lichtes – ging es mir durch den Kopf. Einen gefährlichen Moment lang fühlte ich mich schaukeln in diesem Schiff aus Licht, weißen Tischtüchern, Spiegeln, Glastheken und dem Tuscheln an den Tischen, ein Auf und Ab, auf Wellen, Lichtwellen, Lichtmeerwellen – auf und ab, ein Schiff, bedroht von der Dunkelheit.

Und ich nahm wieder einen weiteren Schluck, und als ich dem Ober folgen könnte, wie er nun nacheinander mehrere Tische mit seiner Serviette schlug, ungehalten, zeigte ich ihm an, daß ich gehen wollte. Diese Folgsamkeit löste Zutraulichkeit aus, er schlenkerte an meinen Tisch, fragte: »Zu Besuch? Kenn ich die?« Und dann noch einmal überbetont: »Muß man die kennen?« Ich schenkte ihm für diese boshafte Floskel, die ich schon seit Jahren nicht mehr gehört hatte, ein Lachen und sagte: »Nein, nein, morgen reise ich schon ab!« »Schade, richtig schade!«

Ehe ich selbst begriff, daß ich in diesem Augenblick die Entscheidung vorweggenommen hatte, wollte ich auch gleich den kürzesten Weg zum Hotel wissen. Endlich hatte er Gelegenheit, sich ein wenig länger mit triftigem Grund auszulassen: »Ach – im Post wohnen Sie! Ein Freund hat da mal gewohnt, ist lange her! So ... denen gehts ja auch schlecht, wenn das nicht bald aufhört ... Das macht echt keinen Spaß mehr!«

Dabei knüllte er nun gänzlich unelegant die weiße Serviette, wurde von der Küche aus gerufen, richtete sich wieder in Obermontur, rief zurück: »Gleich, bin beim Abkassieren! Also ... ja! Der gradeste Weg: zehn Minuten. Der Weg durch die Hauptstraße: zwanzig Minuten! Früher allemal und immer: der kurze Weg. Heute, weiß ich nicht ... es ist ziemlich dunkel, Sie kommen praktisch am Hintereingang des Hotels an. Den Weg«, und er wies mit der Serviette in die westliche Richtung, »runter, nach fünfzig Metern kommt ein Gäßchen, winzig, leicht dunkel, da rein ... und immer geradeaus, bis Sie an die Rückseiten der Hotels kommen, an der engen Gasse, wo die Mülleimer stehen ... durch, dann sehen Sie Ihr Hotel. Guten Heimweg, aber ich sags: Da sind nur Funzeln ... und ich weiß nicht, also jedenfalls komische Leute wohnen da ... aufpassen, normalerweise ...« Dann wurde er laut aus der Küche ermahnt, und er eilte mit wehender, langer Schürze in die Küche, deren Tür sofort zugeschlagen wurde.

Ich sagte mir den Weg vor, sprach ihn aus, damit ich ihn nicht vergäße, was mir so gut wie niemals passiert, durch viele Reisen habe ich einen guten Orientierungssinn, das Sprechen war vielmehr, so war mir, die Abwehr einer aufkeimenden Furcht.

Törichterweise fühlte ich erst ans Geld, dann ans Herz, atmete auf – und nahm Anlauf, den Platz zu überqueren, der inzwischen verlassen wirkte, nur die Scheinwerfer am Boden ließen das Lichtschauspiel erahnen. Der Nieselregen hatte aufgehört, immer noch lag Schwüle in der Luft, feine Dunstgespinste hingen in den Straßen, die sternförmig vom Platz abgingen, in ziemlich großen Abständen folgten Lampen mit dämmrigem Licht.

Hier muß also die Gasse abgehen! sagte ich mir vor, blieb stehen und suchte, oben im Licht tanzten Gewitterfliegen, ganze Netze winzigster Insekten drängten sich, umwebten die Wärme des Lichts. Die Luft warf die Geräusche auf, versetzte alles in dichte Nähe, Schemen, die vor den Augen wachsen, selbst der Schwarm über mir war leise summend zu hören, und auch das Licht war nicht geräuschlos, ein Sirren ging von ihm aus, das die feinsten Nerven traf, meine Sinne wurden seismographisch, und ich glaubte, auch das Schlafen in den Betten zu hören.

Die Gasse hatte ein gefährliches Steinpflaster, das an den Seiten abschüssig wurde, und weil ich annehmen mußte, daß in der Fahrrinne allerlei Unangenehmes zu finden sein würde, ging ich in der Mitte und hüpfte, stolperte von Gehsteig zu Gehsteig, beleuchtet von einem mühseligen Licht, Sparlampen waren hier aufgestellt, die so weit auseinander standen, daß sich zwischen ihnen ein verstörendes Loch aus Dunkelheit bilden konnte.

Mir schien, daß die eng aneinander geschmiegten, niedrigen Häuser der Gasse mir ihre Schlafzimmer zuwandten, denn in kaum einem brannte noch Licht, und die Fenster, die ich erkennen konnte, waren dicht verhängt mit unmodernen Vorhängen, die mehr abdunkeln und schützen als schmücken. Das Pflaster nahm meine Aufmerksamkeit in Anspruch, so daß ich auch die ungewisse Furcht verlor.

Feiner Nieselregen setzte wieder ein, vollkommen lautlos, es war, als kämpfte ich gegen unsichtbar von oben herunterfallende Spinnweben, die erst auf dem Pflaster ihre Tücke entfalteten: ein glitschiger Film, und ich bildete mir ein, daß die Gegend anfing, süßlich zu riechen und eklige Dämpfe abzusondern. Und weil ich mir nicht auch noch eingestehen wollte, daß ich den anderen Weg hätte gehen sollen, überfiel mich ein spitzer Zorn, grob und ungeschickt fuhr ich mir mit dem Jackenärmel über die Augen und verlor in dieser unachtsamen Bewegung das Gleichgewicht und fiel in einer albernen Grätsche dem Schmierigen entgegen.

Wütend blieb ich sitzen, suchte nach dem Hotel-Schlüssel, denn nun schien mir auch, daß ich alles mögliche verlieren könnte und auf einem Weg sei, der eigens für mich erfunden, der, nachdem ich an allen Prüfungen gescheitert, nach oben in diesen nieselnden Himmel gezogen würde. Während ich sitzen blieb, alles Unglück auf meinen Schultern spürte, wälzte sich eine Wolkenmasse in Richtung Osten und gab den Mond frei, der mit diesigem Licht mir half, mich wieder aufzurappeln.

Wieder auf den Beinen, putzte ich mich umständlich ab, machte die wohltuende Entdeckung, daß sich die Dunkelheit ein wenig aufhellte, und erkannte erleichtert versteckte und offene Hinterhöfe, die ländlich anmuteten, im Schein einer Hoflampe entdeckte ich sogar Pferdegeschirre, alte landwirtschaftliche Maschinen, Hundehütten, eine beruhigende und traulich anmutende Sammlung aus unordentlichem Leben, während zur Linken einheitliche Wohnhäuser die Straße säumten.

Zwei Katzen sprangen mit einem Schrei ineinander, balgten und bissen sich, stürzten irgendwo und landeten in einem Eimer, der blechern umfiel und herumtrudelte.

Ein Licht an der Straße flammte auf, im Hof parkten mehrere Autos, endlich: die Hotelstellplätze. Der helle Schein traf mich wie ein rettender Schwall, aber abrupt verlosch er wieder, und ich stand wie ausgestoßen im Überfall der Schwärze.

Die beiden Katzen rasten über meinen abschüssigen Weg, jagten sich einander auf ein Gerüst, daß es hölzern polterte.

Schüttelfrost fuhr von oben bis unten durch meinen Körper, die Gedanken flatterten im Hirn wie Fledermäuse, Bildfetzen, Ungetüme tauchten auf und zerfielen, mir war, als würden Mißbildungen herausspringen, mich aus Abgründen und Rissen der Zeit anfallen, jetzt stolperte mein Herz, die Feuchtigkeit drang durch die Kleidung: Weg, nur weg! rief es in mir. Morgen reise ich ab!

Endlich wieder ein Lichtschutz, ein Unterschlupf unter müder Beleuchtung, nur noch ein kurzes Stück, und ich würde gerettet sein. Nun folgten auch sichtbar die angekündigten Mülleimer und Container, aus denen gräßlich stinkendes Zeugs hing, faulige Ausdünstungen verbanden sich mit dem klebrigen Regen. Vor mir nun hohe Wände, die ohne jedes Licht aufragten, und ich sagte mir, das konnte nur die Rückseite des Hotels sein, von der der Kellner gesprochen hatte, und ich floh nach vorn in die Dichte des säuerlichen Gestanks, so daß ich um ein Haar nochmals ausgeglitten wäre, und entdeckte etwas, was eben noch nicht dagewesen war.

Ein wackliger, auffällig weißer Lichtstrahl stocherte in der Luft herum, schien etwas aus- oder anzuleuchten, das ich nicht erkennen konnte. Ein Besoffener, dachte ich, der sich heimleuchtet, seinem wankelmütigen Schein hinterherläuft und nicht merkt, daß er dauernd im Kreis geht; er verläuft sich in seinem Licht und ich mich in den Fallen der Nacht. Aber das Licht schien sich überhaupt nicht von der Stelle zu bewegen, ein kleines Umfeld nur, in welchem der Strahl fuchtelte, irre und ungezielt; mal hieb es in die Luft, hastig in den Boden, punktierte etwas, das in Körperhöhe sein mußte, wie eine Waffe, ein Vergleich, der mir absurd schien, war es doch die Helligkeit allein, die mich beruhigen konnte.

So ein kurzer Weg – und du gehst weiter und tiefer in eine Verirrung, beschimpfte ich mich, ich flüchtete vor meinem eigenen Schritt, und als wäre ich nicht verwirrt genug, zwang mich etwas, den Namen des Neurologen zu wiederholen, und ich hörte mich töricht, wie zur Gespensterabwehr: »Dr. Lebowitz ... Lebowitz ...« sprechen.

Ging vorsichtig ein Stück weiter, als tue sich vor mir im letzten Moment die Unterwelt, die Nachtseite der Stadt auf, als trete ich in eine atmosphärische Verletzung ein, die mich schon angesteckt hatte.

Und auf einmal war mir, als hörte ich etwas, lauter und unheimlicher.

Ich blieb stehen, lauschte, es war keine Täuschung meiner Sinne, um mich herum wogte, aufwallend und absinkend, ein erregtes Flüstern, Trappeln, Eilen, mir schien, ein zähes Rangeln, das am Boden gehalten werden sollte. Wurde ein Kranker geborgen? Ein Familienstreit, hoffte ich, als wäre das weniger gewalttätig. Die bleierne Stille, die eben noch geherrscht hatte, war im Nu in unentwirrbare, keuchende Bewegung verwandelt. Ich hielt den Atem an, umklammerte meinen Schlüssel, als könnte er mir Schutz geben; entdeckte nun keine fünfzig Meter von mir eine Traube von Menschen, die aus dem Bett geflüchtet sein mußten, schlaftrunken taumelten sie, ein Menschenknäuel ineinander verkeilt, die Taschenlampe riß einzelne Gesichter aus der Gruppe heraus, in einem Stich des Strahles blitzten verzerrte Züge auf, fielen riesige Schatten und Schemen ins Dunkel zurück.

Dann brach ein Flüstern auf, gräßliche Laute waren zu vernehmen, Schläge, verhaltene Schreie lösten sich, ich glaubte mich von einem schaurigen Ritual erfaßt, in dessen Zentrum ich eingedrungen war und das mich einschloß, ich rief: »Nein, niemals!« Im Licht plötzlich hochgerissene Arme, die offensichtlich den Mann, der die Lampe hielt, niederreißen wollten; eine heftigere Woge von Stößen, Schlägen und Kämpfen überrollte mich, die Gruppe flog hin und her, ein verwobener, verstrickter Menschenklumpen, von dem jetzt Lautbrocken ausgingen, die mich gefrieren ließen, schnell sprang ich hinter einen Container: »Bist du verrückt, laß den in Ruhe, laß ab ... Du Wahnsinniger!« Frauenstimmen: »Jesus ... hilf uns! Hilf uns!«, und wieder: »Hier ... pack ihn schon, mein Gott ... bring ihn zur Ruhe!« Dieser Aufschrei löste eine Lähmung, wie im Affekt sprang ich auf, wollte mich eben auf den Schläger zubewegen, als ich ihn sah: ein Entfesselter, der mit tobender Wut die Bändiger auf die Seite schleuderte, sie purzelten um seine Füße herum, und das Licht empor gerichtet, stürzte er sich verzweifelt brüllend auf etwas, das am Boden lag: »Ein Tier, ein Tier!«, dabei trat er in etwas hinein, das sich nicht regte. »Ich bring dich um, du ... verdammter Aasfresser, Müllfresser! Ein Tier! Ein Tier! Ich mach dich kalt!«

Je mehr die anderen ihn zurückzuhalten suchten, desto mehr steigerte sich seine Wut, und mit einer Gewalttätigkeit, die ich noch niemals gesehen hatte, schlug er den Kopf des Wesens ans Blech, auf den Boden, gegen die Fäuste und grölte: »Ein Tier ist das, ein Tier!« Und einige abschüttelnd, die sich auf ihn geworfen hatten: »Laßt mich! Ich bring ihn um, den Aasfresser!« Trommelte weiter in das Bündel hinein, daß ich hörte, wie seine Fäuste daneben schlugen und scheppernd den Müllbehälter trafen.

Und obwohl er jetzt für einen Augenblick lang verschnaufte, sich aufrichtete, mir schien sogar, daß er sich den Rücken hielt, konnten die anderen ihn nicht greifen, ihn nicht zur Räson bringen, vielmehr glaubte ich, daß sie sich abgefunden hatten, daß ihr Klagen nur lauter geworden war, ein jammerndes Rufen nach Jesus, einem Himmel und Helfern, dennoch traf mich blitzartig der Gedanke, daß die Umherstehenden, alle anderen, die in der Straße wohnten, denen der Ausbruch unmöglich verborgen geblieben sein konnte, im Heimlichen etwas tilgten, eine Tat ausführen ließen, an der sie selbst schuldig geworden waren. Diese Unerhörtheit, aber gleichzeitig die irreale Steigerung der Gewalt, verlieh mir augenblicklich Kraft, ich ballte die Fäuste in der Tasche, bereit, mich mitten hinein in den Wirbel zu stürzen, als der Wahnsinnige den am Boden Liegenden hochriß, hinein in das Grelle der Lampe, während die anderen erneut Anlauf nahmen und sich über ihn zu werfen versuchten, und er mit der Taschenlampe in das Gesicht schlug, wurde mir schlecht, ein Brechanfall, der mir die Füße wegzog, ich nichts mehr wahrnahm als mich, sonst nichts.

Mit einem erlösenden Gefühl rutschte ich gerade an der Mülltonne herunter, suchte erschöpft nach einem Taschentuch, als endlich ein Aufschrei: »Ratunko! ... Pomocy!« zu hören war; fremde, rätselhafte Worte, dann noch einmal mit der schaurigen Wucht eines Notschreis: »Ratunko! ... Pomocy!...« Danach trat für Sekunden Stille ein, und ich hoffte, er hätte die Peiniger versteinert zurückgelassen, als laut und deutlich dieselbe Stimme: »Schweine!« ausstieß. Wieder hörte ich Schläge und Fluchen, dann schepperte es, und die Stimme des Peinigers schrie, außer Kontrolle: »Verreck, du Vieh!«

Das einzige Wort, das einzige deutsche Wort, das der Geschlagene kennt, durchzuckte es mich, und mir schossen Tränen aus den Augen, als hätte jemand einen Auslöser gedrückt, ein Mitgefühl durchfuhr mich, das nicht wußte, wohin, und ich blickte flehend in den Himmel, entdeckte eine Sternschnuppe, die sich gerade gelöst hatte, in einem weiten, wundervollen Bogen das Schwarz zeichnete, einen Halbkreis beendete und versank. Ich fühlte mich nachstürzen ins heilende Universum, ins endlose Nichts.

Dann straffte ich mich, reinigte meine Kleidung und blickte in die Richtung, die ich nehmen mußte, als eine Frau mit einer langen Latte bewaffnet aus einem Eingang herausstürmte, auf den Tobenden zulief und ihm von hinten einen kräftigen Schlag auf den Kopf versetzte. Der Mann und das Licht sackten zu Boden, und mir entwich ein Stöhnen, als hätte man mir das Gewicht des Mörders von den Schultern genommen. Selbst der Schein, der eben noch an der Untat beteiligt war, lag am Boden, der erbarmungslose Strahl zielte auf beide, das Opfer und den Gewalttätigen, in Eintracht lagen sie nebeneinander, bewegungslos.

Eine Frau warf sich mit lauter Verzweiflung auf seinen Rücken, rief: »Was hast du getan, was hast du getan...!«

In Windeseile löste sich der Ring von Menschen auf, sie verschwanden in der Dunkelheit, den Höfen, ein Licht blitzte auf, verlosch, jemand stürzte über Geräte, noch ein Strahl aus einer Taschenlampe, ein Ruf: »Hier ... hier ...«, dann war es, als hätte sich ein Schlund aus Stille und Nacht aufgetan und die Szenerie verschluckt.

Dicht neben mir wurde eine Tür geöffnet, zwei oder drei Personen eilten mit unhörbaren Schritten auf den Schläger zu, versuchten, ihn auf die Beine zu stellen, um ihn über den Rücken zu werfen.

Eine mühselige, zähe Arbeit, die letzte flüsternde Anweisung: »Hoch!« war noch nicht verklungen, da rutschte er wieder auf den Boden zurück, von dem er hochgehievt worden war. Dann sah ich, wie die Taschenlampe sich über die Straße, das Glitschige bewegte, langsam wurde sie am Boden entlanggeschleift, und wie von unheimlicher Hand geöffnet, tat sich wieder die Tür auf. Männer, vielleicht zwei oder drei, bückten sich, rissen den Mann hoch, die Taschenlampe fiel zu Boden – und warfen die Last ins Haus. Sie mußten ihn einfach fallen gelassen haben, denn ein Poltern war zu hören, das auf der Stelle gemildert wurde, weil, wieder wie von Geisterhand, die Haustür zugezogen und abgeschlossen wurde.

Die Lampe lag vor dem Haus, das Licht war vergessen worden, dieser absurde Verrat forderte mich geradezu heraus, die Lampe hochzuheben, um den Namen an der Tür abzulesen. Ich muß gestehen, daß diese Absurdität, diese

Tücke eines Gegenstandes, für einen erleichternden Bruchteil eine traurige Komik verbreitete. Im selben Moment lösten sich aus der Dunkelheit zwei Gestalten, die mit flinken und leisen Schritten im Rücken des Lichtes auf das Opfer zueilten, ich lauschte ihren zischelnden Anweisungen, hörte, wie sie den Mann drehten und wendeten.

Ein klägliches Stöhnen lag über dem heimlichen Treiben, und ich benutzte die tief gebeugte Ablenkung, um endlich zu entkommen.

Ich habe keine Erinnerung, wie ich die Lücke nutzte, mir war, als müßte ich durch ein Feuer springen, das mich bewußtlos machte, aber kaum entronnen, das Hotel endlich vor Augen, den Schlüssel griffbereit in der Hand, spürte ich schon die Verfolgung des Wundmales in mir.

Der Brief

Frau
Dr. Doralis Krempe
Rechtsanwältin
Wiesenhalternstraße 6

5. des Monats

Liebe Doralis,

diese Nachricht ist mehr als die Vergewisserung, daß Sie nicht nur als Gesprächspartnerin fehlen, sondern augenblicklich – ich will nicht unehrlich sein – noch mehr als Anwältin.
Da ich Ihre berufsmäßige Neugier kenne, nehme ich Ihnen sogleich eine unnötige Recherche ab: Der Brief hat keinen Absender, die Stadt, die Sie ganz sicher auf dem Umschlag herauszulesen versuchen werden, ist nicht die, in der ich mich aufhalte. Wissen Sie noch: Neulich lachten wir beide über eine gemeinsame Marotte – immer mal wieder hinausfahren zu müssen, aber nicht zu echten wilden Tieren, fernen Religionen, unerklimmbaren Eishöhen oder überfüllten Stränden mit sengender Sonne, öden kar-

stigen Lavaeinsamkeiten, sondern sich fremd machen in einer nahen Entfernung zu den ganz normalen Einwohnern in eine Stadt, die wir noch nicht kennen.

Die unbeachteten Kleinigkeiten des Alltages wachsen sich wieder zu den Kostbarkeiten aus, wie sie uns sonst eher durch eine schwere Erkrankung gegenwärtig werden.

(Übrigens: Die Krankenkassen sollten unsere Reisen bezuschussen!)

Natürlich können Sie sich daran erinnern, daß wir uns belächelten und nach einem Grund forschten, denn all die Minimalreisen entpuppten sich doch zumeist als recht harmlose Ausflüge, von denen Sie öfters eine Verliebtheit nach Haus brachten und ich eine Vielzahl von neuen Vorlieben.

Allerdings, und nun komme ich zum Eigentlichen: Mein Aufenthalt hier ist entweder die getarnte Abenteuerreise eines Unternehmens, die mit Bestattungsunternehmern zusammenarbeitet, oder aber, was ich eher vermute, eine Gefahrenzone, die meine bereitwillige Vorstellungskraft überfordert. Mit einfachen Worten: Sollten die unbegreiflichen Vorkommnisse, Drohungen und Verstrickungen in dieser Geschwindigkeit weiter vor sich gehen, bin ich gezwungen, schon jetzt, auf dem Vorwege, mich rechtlich abzusichern, sozusagen ein schnelles anwaltliches Eingreifen möglich zu machen, denn Sie wissen aus unseren Gesprächen, daß ich zwar das Riskante schätze, aber ungern auf dem Seziertisch ende.

Nein – schauen Sie nicht nach Verdächtigem auf Brief, Umschlag oder Stempel, wälzen Sie keine Telefonbücher, rufen keine Freunde und Freundinnen an, niemand weiß, wo ich bin, niemand wird es erfahren, Sie sind die einzige, an die ich mich wende, Sie sind die einzige, die nach dem

Ablauf des gesetzten und mitgeteilten Termins von mir hören wird.

Vertrauen Sie mir, und halten Sie sich zurück, vorzeitig hilfreich einschreiten zu wollen! Seit einem Tag bin ich wieder auf den Beinen, doch – ich wurde hier im Hotel verpflegt, ich weiß zwar kaum mehr etwas, aber ich erinnere mich an heiße, wohlschmeckende Süppchen, die mir eingeträufelt wurden.

Ich war nicht krank, und doch stellt sich mir die wahnhafte Frage, ob ich mich eventuell an einem Virus angesteckt habe, der unter Umständen das Geheimnis der Stadt sein mag.

Bestimmt wissen Sie noch von den Artikeln in der Presse, wir belächelten diese Panik vor dem Einbruch des Tierhaften, natürlich mal wieder aus dem Urwald, dem dunklen Dickicht des Untermenschen, und zogen die Verbindungen zu einem Buch, das Sie eben voll Spannung lasen: FRANKENSTEIN.

Wissen Sie noch, daß Sie diesen Disput deswegen so lachhaft fanden, weil Sie zu durchschauen glaubten, daß es den Wissenschaftlern vielleicht unerträglich wäre, den Vorsprung als Schöpfer des Menschen aufgeben zu müssen? Der entschlüpfte Virus schließlich brach ja – den Wissenschaftlern zur Ehre – aus ihren Labors aus, war chemieverfeinert und ließ vielleicht vergessen, daß sich hinter dieser bewußten Sensationssteuerung, der Ebola-Panik, das verbarg, was sich hier als nebulöses Grauen auswirkt und verborgen hält.

Nur eines: Kein Frankenstein, kein künstlicher Mensch spricht und rächt sich mehr an seinem Schöpfer. Sie entspringen lautlos den Maschinen, die selbst Hirne sind.

Vielleicht müssen wir nur aufpassen, daß wir nicht eines

stillen Tages ihre wandelnden Organersatzteillager geworden sind!

Nein – ich kann nicht mehr preisgeben, und Sie müssen mir glauben, daß ich nicht im Fieber schreibe, ich habe viel eher in den zurückliegenden Tagen begriffen, daß ich den Ausgangspunkt meiner Reise gründlich aufzugeben habe: nämlich den Wunsch, eine störende innere Einschreibung, meine Wahrnehmungen zu reinigen! Ein solcher, vielleicht lächerlicher Vorsatz schadet im allgemeinen wenig, doch hier scheint mir, daß gerade die geschärfte Sensibilität, das Einfühlungsvermögen mich anfälliger machen als eine reale Gefährdung von außen.

Es mag sein, daß ich mich bis vor einigen Tagen verhalten habe wie eine Bergsteigerin, die sich vorgenommen hat, allein mit schwerem Gepäck, den Gipfel barfuß und mit gefalteten Händen zu erreichen.

(Lächeln Sie nicht, ich weiß, daß Sie jetzt lächeln!)

Dennoch hören Sie fein genug und wissen, daß ich freiwillig die Stadt nicht verlasse, daß ich Teil bin von etwas, das mein Handeln ändern wird, nicht mein Nachgeben.

Kurz und gut, ich habe in den letzten Tagen endgültig die Kraft gewonnen, mich als Aktive, Beteiligte zu denken, und dieser Brief ist die erste Tat, die beweist, daß ich vorhabe, einem Geheimnis auf die Spur zu kommen.

Es wäre mir unmöglich, diesen Versuch abzubrechen, es sei denn, ich ließe zu, daß mich die Schuld, nicht eingeschritten zu sein, losließe.

Diese Entschlossenheit ist der Anlaß meines Briefes! Die Wahrheit ist, ich habe bei einem Mord zugesehen, ich habe an meinem Taschentuch gekaut und zugesehen. Ein Mord, wie er vielleicht alle Tage geschieht an Fremden, an Unliebsamen und Unbeugsamen, dennoch liegt in dieser schrecklichen Tat das begründet, welches das Geheimnis umschließt. Es wäre ein zweiter Mord, würde ich den ersten nicht aufdecken, ich kann nicht anders und brauche Ihre Hilfe. O – nein, ich war nicht untätig, stand nicht nur als Betrachterin am Rand, ich war schon bei der Polizei, hatte ein Indiz ausfindig gemacht – und gesammelt, aber ... ich kam nach der allerschrecklichsten Nacht meines Lebens ins Hotel zurück, und mein Zimmer war durchgewühlt.

Es schien mir ein Glück, daß ich so wenig Gepäck mitgenommen hatte, dennoch, die Verwüstung war furchtbar.

Auf dem Tisch lag ein Wisch, als mehr kann ich es nicht bezeichnen, eine abstruse Anschrift, verwischt und teils abgeschnitten, lag gut sichtbar da und verkündete: Wir haben Ihr Zimmer durchsucht, einen Paß, einen weißen Umschlag und Notizen konfisziert. Verstehen Sie nun? Nein! Ich habe überhaupt keine Notizen gemacht (weder handschriftlich noch maschinell), an diesem Brief sehen Sie, daß ich mir hier eine uralte Maschine gekauft habe, die ich zum ersten Mal benutze! Nur eines, um Ihnen meine verbliebene Lust an Abstrusitäten unter Beweis zu stellen: Ist es nicht erhebend, ein Wissen zu haben, von dem eine ganze Stadt, die mir fremd und gleichgültig ist, nichts wissen darf?

Um mir also ein Sprungtuch zu sichern und Ihnen die Möglichkeit, mich auch ausfindig zu machen, wenn ich mich nicht in den nächsten zwanzig Tagen gemeldet haben sollte, bitte ich Sie, bei Ihrer Bank nachzufragen und sich einen Umschlag mit der Nummer 324 aushändigen zu lassen. Nein, nein – wenn Sie mir nichts anderes glauben, glauben Sie mir: Diese Nachricht ist vorher nicht abrufbar, jede Nachfrage ist zwecklos!

Ich muß Ihnen unbedingt von einer lebensrettenden Banalität erzählen. Und wieder ist es das Buch FRANKEN-STEIN, worüber wir an diesem Tag so hitzig redeten.

Wissen Sie noch: Plötzlich standen Sie auf, gingen im Nebenraum an Ihren Bücherschrank und kamen mit dem blauen Büchlein zurück und zitierten einen Satz, den ich – so erinnere ich – nur ein einziges Mal vor Ihnen wiederholt hatte, nur einmal – nicht mehr.

Und stellen Sie sich vor, dieser Satz begann schon auf dem Fluchtweg ins Hotel zu glimmen und zu glühen. Mir ist, als hätte sich dieser Satz unter mir ausgebreitet, um mich zu retten vor einem Sturz in ein Rätsel, in dem ich umgekommen wäre. Ist es nicht verrückt, daß dieser Satz selbst ein Rätsel heraufbeschwört – und ist? Und als ich die Hoteltreppe mit letzter Kraft genommen hatte und vor meinem Zimmer, mit dem Schlüssel in der Hand, zusammensackte, fiel ich nicht auf den Boden, sondern ich landete weich und entkommen in dem Satz; er wurde mein Bett und natürlich meine Verdrängung.

Ich glaube, ich sagte ihn nur einmal laut: »Das Schicksal war übermächtig, und in seinen unumstößlichen Gesetzen lag eine vollständige und furchtbare Vernichtung beschlossen.« Mit diesem Satz wurde ich hochgehoben und gebettet, und mit ihm fiel ich in einen Winterschlaf gegen das Grausame der Welt.

Die Bilder suchten mich zu zerreißen, sie waren wie Wölfe, die mein Inneres anfallen wollten, der Satz aber breitete sich in alle Höhlungen des Körpers und des Geistes aus, und das unendliche Repetieren, die manische, selbstgängerische Wiederholung, wirkte wie eine schlafwandlerische Versiegelung und Schmerzbetäubung.

Nur eines, denn ich kann es sicherlich hier nicht in Erfahrung bringen, ein entscheidendes Wort ist mir entfallen, vielleicht ist es das entscheidende überhaupt. Heißt es *eine* vollständige und furchtbare Vernichtung *oder*, was das Rätsel auf mich zurückwürfe: *meine*!??? Tun Sie mir den Gefallen, und schauen Sie nach, und sagen Sie es mir, sobald ich anrufe!

Und damit Sie sehen, daß ich noch die bin, mit der Sie gern hinausfahren über Meere und Worte, schicke ich Ihnen einen heißen Gruß von der Kühle des Abgrunds!

P.S.: Ach – übrigens, den leidigen Prozeß, der noch bei Ihnen auf Halde liegt, will ich nicht führen, auch nicht mit Ihrer festen Überzeugung! Also – bitte gehen wir auf den angebotenen Vergleich ein. Danke!

Niederkehr

Es schien für die Wirtin unerträglich, in mir, der sie zwangsweise so nahe gekommen war, nun eine vor sich sitzen zu sehen, die boshaft ihre Schritte verfolgte.

Es kann sein, daß mich ihre Neigung, aus der Notgemeinschaft eine Verpflichtung abzuleiten, derartig abstieß, daß ich deswegen bereits zwei Tage aus dem Hotel geflohen war, das Frühstück mied und lieber im Stehen einen Kaffee trank und wortlos und unbedrängt den Tag begann.

Ich registrierte mit vorsichtiger Befriedigung, daß ich mich in wenigen Tagen erholt und daß mich der Halb- oder Tiefschlaf so gestärkt hatte, daß ich mein Zimmer in eine sachliche Ordnung bringen konnte, eine billige Schreibmaschine gekauft und ausprobiert hatte, daß ich schon häufiger in der Stadt herumgegangen war, mit einem Gefühl aus wacher Unbestechlichkeit und Unaufgeregtheit.

Und das war es, was ich nach meiner Wiederherstellung erreichen mußte: sehen, ohne wahrzunehmen, erkennen und aufnehmen ohne Turbulenzen, rührselige Beteiligung, die bisher nichts anderes befördert hatte als Trugbilder und Schwierigkeiten und ein Erlebnis, das an Schauerlichkeit unüberbietbar bleiben mußte.

Es war angenehm und nötig, sogar einen Anflug von Triumph darüber zu empfinden, daß mir nichts widerfuhr, das meine Sinne in Alarmzustand versetzen konnte, wenn ich natürlich auch einkalkulieren mußte, daß meine ersten Ausflüge einen Zustand verschleierten, eine gefährliche Beunruhigung überdeckten, die mich, so meine ich noch in Erinnerung zu haben, gehen ließ, wie eine, die versucht, sich wieder ohne Gehhilfen vorwärtszubewegen.

Eine windstille Kühle hatte erleichternd an den ersten Tagen geherrscht, ein unaufdringliches Wetter, das mir keine zusätzlichen Stimmungen abforderte.

Ein Vakuum umgab mich, ein Schwebezustand, der deckungsgleich schien mit der Gedankenlosigkeit, die ich mir auferlegte.

Ich ging wie eine, die sich abhärten mußte, ich übte, meine gewohnheitsmäßigen Regungen zu unterdrücken, ich dachte: was gehen mich die Menschen an, die mürrisch und bemitleidenswert die Straße bevölkern, die sich Dinge aus Geschäften heimholen, über die sie sich nicht freuen. Ich dachte: Was geht es mich an, daß sie beim Essen wirken, als nähmen sie ihre letzte Mahlzeit zu sich, was geht es mich an, daß sie sich blicklos meiden, aus Furcht, ein Schuß löse sich aus der Iris des Auges, was gehen mich die Unglücklichen an, die unter einem unsichtbaren Joch dahinkriechen und mit jedem Satz und Wort ihr Joch auch noch erschweren.

Nach dem vierten Tag wagte ich es schon, gestärkt mit einem auffälligen Notizbuch, das mir einen neugierigen Zugriff auf mich abwehren helfen sollte, den Frühstücksraum aufzusuchen, um die Nähe und Belauerung von Frau Schuhmacher, wie ich sie inzwischen nannte, als Gesundete neu zu regeln. Es war so früh, daß eine Frau, die ich zuvor nie gesehen hatte, noch mit dem Reinigen des rötlichen Flurläufers beschäftigt war, eine Säuberungsarbeit, die mich rührte, gehörte ich doch nach wie vor zu den wenigen Gästen, die diesen Aufwand erforderten.

Die Frau, die mir ihren Rücken zugewandt hatte, drehte sich um und grüßte mich freundlich, entschuldigte sich, daß sie noch nicht fertig sei.

Ich übte mich sogleich in fester, wiederhergestellter Stimme: »Das stört doch nicht, ich sitze still und schaue Ihnen zu!« Kaum hatte ich meinen Eckplatz eingenommen, mein neu erworbenes schwarz-weißes Buch auf den Tisch gelegt, kam auch schon die Wirtsfrau mit dieser Überdosis Freundlichkeit, die inzwischen doch bewirkt hatte, daß ich sie nicht nur im stillen, sondern auch in der Anrede mit: Schuhmacher begrüßte.

Ich sagte also mit einer Überdosis an Forschheit: »Wie gewöhnlich, Frau Schuhmacher – und, ja – und heut ein Ei! Sie sehen, wie gut es mir wieder geht!« Erst in sicherer Nähe der Tür blieb sie stehen und sah mich an wie eine, die sie ins Leben zurückgeholt hatte: »Eine Freundin hat Sie gestern schon in der Stadt gesehen! Mein Frühstück ist wohl nicht mehr gut genug!« Um mich zu wappnen, legte ich ostentativ die Hand auf das Notizbuch, da entfuhr es ihr unkontrolliert, und sie verriet, daß sie von dem Diebstahl wußte: »Ach – da sind wieder Ihre Notizen, die angeblich verschwundenen!« »Notizen, wovon sprechen Sie, Frau Schuhmacher?« Sie merkte, daß sie in die Falle gegangen war, daß ich ahnen konnte, daß sie mit der Konfiszierung und der Durchsuchung zu tun hatte, mit den Durchführenden unter einer Decke stecken mußte, gleichgültig, wie hilfreich sie sich verhalten hatte.

Um aber unsere Balance von Argwohn und Zutrauen aufrechtzuerhalten, fragte ich: »Sie wußten, daß die Blumen auf der Theke von mir sind, nicht wahr?« »Hab sie gleich mit nach Haus genommen und meinem Mann gezeigt. Herzlichen Dank auch, sind meine Lieblingsblumen. Na – Hauptsache, es geht wieder!« Und, die Tür schon als Schutzschild in der Hand: »Ach – und eh ich es vergesse: In spätestens acht Tagen hab ich hier im Hotel eine Gruppe von über vierzig Leuten, da brauch ich Platz, auch Ihr Zimmer! Tut mir leid, aber so gut hats Ihnen ja auch nicht gefallen! Oder?« Und ohne eine Antwort abwartend: »Und um ganz ehrlich zu sein, das Zimmer haben Sie nur bekommen, weil ich davon überzeugt war, daß Sie zu der angemeldeten Gruppe gehörten! Na – wie auch immer, Sie wissen Bescheid!« Um der unguten Stimmung zu entkommen und meinem Blick, der die Kündigung abwies, tat sie, als brenne in der Küche etwas an, rief, die Tür hinter sich zuschlagend: »Verdammt – die Eier! Das hat man nun davon!« Acht Tage dachte ich. Kühl und rechnerisch stellte ich mir vor, daß ich bis dahin alles aufgedeckt haben würde, ja – ich war erleichtert, daß mir dafür eine Zeitbegrenzung gesetzt wurde. Es schien mir richtiger, auf den Rauswurf nicht zu reagieren, um unser fragiles Auskommen nicht zu gefährden.

Als ich sie in der Küche hantieren hörte, übermäßig laut, wie mir schien, fehlte mir zum ersten Mal der Hund, den ich sonst schon längst aus der Küche gehört hätte, denn es kam so gut wie niemals vor, daß er nicht aufjaulte, wenn sie ihn mit dem Handtuch oder mit der Hand schlug.

Der Hund – wo mag der Hund sein, schoß mir durch den Kopf, und als sie beladen wieder hereinkam, mit großen Gesten, um das Unangenehme zu überdecken, den

Kaffee, das Ei und das Brotkörbchen hinstellte, fragte ich beiläufig: »Ach – der Hund, wo ist der denn heute?« Wieder blitzte Argwohn zwischen uns auf, sie unterbrach das Aufdecken, stemmte die Hände in die Hüften: »Also – Sie immer mit ihrer Schnüffelei!«, drohte dann: »Sie haben wohl immer noch nicht genug, was?« Dieser Tonfall verriet sie, denn mit demselben Tonfall, ähnlichen Ausrufen hatte sie vor Tagen mein durchwühltes Zimmer betreten, während ich auf dem Bett lag, mit fest geschlossenen Augen, geborgen in einer Schreckapathie, aber jede Nuance dieses Umherschweifens der Stimme erspürend: »Das, nein, das würde man Ihnen nun wirklich nicht zutrauen! Ein solches Chaos. Sie sind mir vielleicht eine, das sieht ja hier aus ... nein ... so was!« Ohne die Augen zu öffnen, wußte ich, daß sie spielerisch mit dem Finger drohte, um der Verlogenheit den Humor beizumischen, der sprachlos macht.

Du Heuchlerin, dachte ich, denn ich war mir sicher, daß auch sie das Verräterische ihres Tonfalls herausgehört hatte.

Beide blickten wir zur Tür, als müßte der Vermißte auftauchen und wie gewöhnlich seine kurzen Beine ihr in den Weg stellen. Sie machte eine schulterzuckende Bewegung, und ich fürchtete, daß nun die gesammelten Unleidlichkeiten ausbrechen würden: »Den ... ach, den haben wir abgeschafft, in solchen Zeiten muß man sich sauber zeigen und keine Gelegenheit geben«, entglitt es ihr voreilig, und die Schuld auf mich übertragend: »Na – Sie konnten ihn doch nun am wenigstens leiden, und asbach-uralt war er auch, das haben Sie doch gesehen, oder?« »Ist ja gut, Frau Schuhmacher, eine harmlose Frage, mehr nicht!« »Bei Ihnen ist nichts harmlos, weiß der Himmel, warum!«

Mit diesem Ausruf schlug sie die Tür heftig hinter sich

zu, so daß mir klar war, für wie gefährlich unachtsam sie ihren Satz im nachhinein ansehen mußte. Und während ich mit Genugtuung ins Brötchen biß, erstand in der biederen Langweiligkeit des Eßraumes der Satz des Trommlers: »Wir rächen die getöteten Tiere!« Bloß keine Beunruhigung, sagte ich mir und klappte betont lässig und vielleicht auch wichtigtuerisch die Agenda auf und machte mir kleine Notizen, die ich unsortiert zu sammeln gedachte, um eine Anzahl von realen Ereignissen schwarz auf weiß zu haben, falls ich mir erneut selbst verlorengehen würde.

Frau Schuhmacher sah mich ruhig schreiben, ich blickte auf, ohne meine Verunsicherung preiszugeben.

Sie wedelte mit einer Zeitung: »Da – sehen Sie das Tagblatt! Aber ... immer das Schlimmste denken, nicht wahr? Da staunen Sie, was?!«

Und nun glaubte sie ganz fest, daß meine Zumutungen wie ein Kartenhaus zusammenbrechen würden: »Na – lesen Sie schon, derselbe Dreck wie immer, bloß unter einem anderen Datum!« Damit ließ sie mich allein.

Die Zeitung war ganz offensichtlich eine Art Notausgabe, drei Seiten mit fetten Überschriften aus Klatsch, unwichtigen Politiker-Äußerungen, einem grellrot aufgemachten Mord eines Betrunkenen an seiner Frau und deren zwei Kindern, auf der letzten Seite ein Horoskop, und klein und schwarz umrandet eine Todesnachricht: »Der Pole, der vor einigen Tagen ins Krankenhaus eingeliefert worden war, ist gestern an einer schweren Nahrungsmittelvergiftung gestorben. Er war illegal eingeschleust worden und wird heute in seine Heimat überführt.«

Und da war es wieder, das Brot saß mir im Hals, ich fühlte einen Andrang von Wut und Tränen, die ich mit einem Schluck Kaffee unterdrückte. Die Todesmeldung riß ich heraus und legte sie ins Buch.

Der zweite Beweis, ein zweiter unumstößlicher Beweis, wobei mir immer noch unklar war, gegen wen und gegen was.

Sedierte Wachsamkeit

Damit die Wirtin nicht meine Bewegtheit merken konnte, belegte ich mir umständlich zwei Brötchen und lief, jedes Aufhalten abwehrend, in mein Zimmer.

Schäbige und sinnlose Einsamkeit umfing mich, selbst das zerwühlte Bett bedrohte mich, als hätte in ihm ein tragischer Abschied stattgefunden, der die zurückbleibende Person auf immer halbiert.

Ich saß da, nichts als Pulsschlag in der Schläfe, Ratlosigkeit in den Händen, wie abgefallen ruhten sie auf den Knien, und eine so tiefe Leere im Inneren, daß sie tosend, in Wellen im Ohr vernehmbar war und mich schwindlig machte.

Staunend betrachtete ich die Dinge, die von einer Benutzung sprachen, von der ich nichts wußte.

Die Zahnbürste auf dem Beckenrand, die Zahncremetube zerquetscht und ausgepreßt, in etwas Wasser die schaumig grauen Reste einer aufgelösten Tablette, hingeworfen und aufgeschlagen die Bücher, verlassene Lieben mit abgestandenen Gedanken, drei Paar Schuhe, wie durchs Fenster hereingeworfen, verschmutzt und ausgetreten, Überbleibsel einer Person, die hier gewesen und gelebt haben mußte, häßlich und abstoßend.

Eine Welle von Selbstmitleid durchströmte mich.

Ich stellte mich vor den Spiegel und sagte: »Ja, ja ... alles, was du wolltest!« Da mußte ich laut lachen. Mit gnadenlosem Blick beschaute ich das Gesicht, das streng aussah, entschlossen, fremd, verwegen, so daß ich neugierig wurde und mich selbst so lange aushielt, bis der Spiegel beschlug. Dann wischte ich die Feuchtigkeit ab: Kälte und Entschlossenheit waren im Gesicht zu lesen, eine Kälte, die ich brauchte, um dem standzuhalten, wovor ich nicht ausweichen wollte.

Ich hatte eine Aufgabe, ich mußte den Virus der erkrankten Stadt ausfindig machen, eindringen in das Wundmal, dessen Teil ich unversehens geworden war.

Und während ich nach meinem Mantel griff, setzte sich der Wunsch durch, mein Wahrnehmungsflimmern, meine hohe Reizschwelle zu betäuben. Eilig verließ ich das Zimmer, fast hätte ich vergessen abzuschließen; schon den dunklen Treppenabgang überschauend, dachte ich nüchtern: Der Wein wird Wahn und Wirklichkeit trennen.

Selten hatte ich so sorgsam Wein ausgesucht.

Es war erst halb elf Uhr vormittags, als ich mit der Plastiktüte zurückkam, offen an der Rezeption vorbeiging, hinter der Frau Schuhmacher saß und sich mit einem Herrn unterhielt, der sorgfältig und beamtenhaft gekleidet war, einen Diplomatenkoffer öffnete, um ihr einen Scheck zu überreichen, dessen Empfang sie quittierte.

Ich gelangte zur Treppe, da hörte ich, wie sie ziemlich unzufrieden sagte: »Ja – und das für den letzten Monat, wir haben aber bereits den zehnten, was glauben Sie, wovon ich mein Hotel offen halten soll!« Mir war, als wäre dieses der Beweis, der mir fehlte, der Beweis dafür, daß sie für den Übernachtungsausfall bezahlt wurde, und weil ich sie nun mit Recht für verdächtig halten konnte, trug ich die heimgeholte Beute ohne Scham nach oben. Der köstliche Wein, den ich mir geleistet hatte, tat selbst im Liegen seine wundervolle Wirkung.

Schluck um Schluck löste sich die Schwere meines Körpers, die Gedanken gingen auf Watte, entglitten mir in milde Auen, weite Fernen, das Fenster öffnete sich ein wenig, ein Luftzug mit Lindengeruch strömte herein, ein Specht klopfte hoch oben in den Baumspitzen, es roch nach warmer Erde, und aus der Wohnung von gegenüber hörte ich das Kind laut und vergnügt vorlesen und die Frau rufen: »Das ist aber schön, ja – das ist wirklich schön!« Die Amsel sang wieder, und in der hingebungsvollen Laune war ich mir sicher, daß es dieselbe Amsel war, die mich schon mehrmals erfreut hatte.

In diesem seligen Schwebezustand griff ich nach einem Buch und versank in dem Fluß der Sätze: »Einmal gedacht waren ihre Gedanken wie Statuen im Garten, die sie betrachtete, während sie ihn durchschritt, um weiter ihrem Weg zu folgen«, ich horchte auf, als hätte mich jemand aus ferner Vergangenheit gerufen, dann fielen mir die Augen zu.

Ich erwachte, als gegenüber das Fenster geschlossen wurde, und mir schien, daß sich gleich drauf ein heftiger Streit entfachte, von dem ich einzig die Wörter: »Raus, raus, raus...« ausmachen konnte.

Die Vorstellung von Leben außerhalb meines stillen Zimmers veranlaßte mich, aufzustehen und hinauszugehen. Es kann sein, daß ich ein wenig schwankend ging, daß man mir ansah, daß ich die Verantwortung für mich zurückgestellt hatte, aber ich schien freundlich zu wirken, denn die Menschen, die auf dem Markt Obst, Gemüse und Trödel verkauften, waren ebenso freundlich.

Ich glaube auch, mich zu erinnern, daß mich einige anstießen, denn ich mußte den Weg ziemlich energisch nach vorn verfolgen, um nicht seitwärts abzukommen und ins Trudeln zu geraten.

Während ich in einen Apfel biß, den mir eine Frau zugesteckt hatte, spürte ich deutlich, wie die Last meines Bewußtseins von mir abließ, und ich sah leicht und befreit in den Himmel, der lichtblau war, die Wolken gingen schnell und waren kugelrund und weißglühend vom Ansturm der Sonnenstrahlen, weiter hinten stand eine dichte, dunkle Baumgruppe, die eine lindgrüne Anhöhe umrandete. Dort wird ein Park sein, ich werde mich auf eine Bank ausstrecken, und die Sonne wird mild auf meinem Gesicht liegen, so dachte ich im Überschwang des Augenblicks, als mich zwei angetrunkene junge Männer anstießen und hinter mir her grölten. In Windeseile drehte ich mich um, um sie zu verfolgen, verlor das Gleichgewicht und fiel ungeschickt an einen der Verkaufsstände. Das säuberlich aufgereihte Obst trudelte auf den Boden, und während ich ertappt stehen blieb, mich entschuldigte, wurde mir erstmals gewahr, daß die Freundlichkeit um mich herum wohl eine Einbildung gewesen sein mußte, denn die Standinhaber verbrüderten sich wie im Nu, in gehässiger Aufreihung standen sie vor mir, die Arme verschränkt, eine geballte Häme verbreitend: »Na – sieh dir das an, fällt die ins Obst!« Und ein Mann, der einen Hut mit einer Feder trug, rief: »Ja – das Aufrechtgehen ist schwer!«, und alle schütteten sich aus vor Lachen und taten, als müßten sie Obst und Gemüse vor mir in Schutz nehmen, und eine Frau, die mir eben noch so freundlich vorgekommen wäre, hielt ein Schild hoch, das auf ihrem Obst gelegen hatte und auf dem stand: »Berühren verboten!« Und wieder lachten alle schadenfroh.

Meine Jämmerlichkeit war von kurzer Dauer, durch die Verhöhnung ging ich wieder kerzengerade, verlieh mir Stehvermögen durch den Gedanken, daß ich etwas herauszufinden hatte, das trotz der Milde der Sonne unter der Oberfläche wucherte. Und gerade als ich mir vornahm, die Beine ein wenig aus dem Verkehr zu ziehen, mich auf eine Bank zu setzen, wäre ich fast in eine Ansammlung säuberlich aufgestellter Kindersachen gefallen, allerhand Spielzeug, das von mehreren Sechs- bis Siebenjährigen kleinlich bewacht wurde.

Das Bild der Kinder, wie sie knieend in argusäugiger Gier die Dinge beschützten, die zu Geld gemacht werden sollten, verfolgte mich. Im Rücken hörte ich ihr Geldzählen und pausbäckiges Prusten. Ich blickte auf in die Gesichter von Menschen, die die Verkaufsstände umstanden, die sich mir übereinander und ineinander schoben, sich vertauschten; jung wie alt, ein und dieselbe Familie, Gierabkömmlinge, die sich in Hockstellung schulen, worauf es ankommt, woraus das Dasein besteht: die Vorbeigehenden reinzulegen mit diesem Kindchenausdruck oder mit einer Peitsche aus Worten: »Greifen Sie zu, nur heute, nur jetzt – niemals mehr so billig; und auch Sie meine Dame, ja – Sie da hinten, so jung, so schön – und schon auf den Beinen, um hier bei mir eine Riesentüte mit Käse – ja-ja – meine Damen ... alles Käse, Käse ... schauen Sie her: ein Riesenstück Gouda! Ein Camembert! Ein Schimmelkäse, Original aus Frankreich! ... Und noch ein Camembert, und einen holländischen Pikantje ... und ... und ... Das hätten Sie nicht gedacht, nicht wahr – meine Damen?! Da lernen Sie aber das Staunen, was? ... Und noch einen Leerdammer ... und noch einen Bavaria blue ... das alles ... und noch nicht genug: eine Flasche italienische Auslese obendrauf ...

und das ganze für ... ich sage erstens: für, für zwanzig Mark! Nein ... nein ... für siebzehn Mark ... nein ... für ... und nun aber zum Letzten für, für ganze fünfzehn Mark! Na – kommen Sie, kommen Sie schon!«, und ungebeten schnappte er nach mir, wollte mir diese widerwärtig volle Tüte in die Hand drücken, hielt gleichzeitig die andere nach dem Geld auf. Es mag sein, daß ich ungewöhnlich abrupt zurückwich. Ich sah in diesem Gesicht, wie es sich zurückzog, klein und kleiner wurde, nichts als die Augen, nichts als diesen Blick, den die Kinder gehabt hatten, jene Gerichtet- und Sprunghaftigkeit, die nichts als Gier freigibt, sah eine bodenlose Leere, in der die Gesichtszüge verschwinden, das Zustechen der Augen die Herrschaft übernimmt; ein Auge wie das andere, Augen, kalt, glatt, scharf; ein Jagdinstrument, Kimme und Korn, Ziel und Schuß in einem, ein Blick neben dem anderen, aufgereiht und gerichtet, die Augen der Kinder, die Augen des Mannes, der jetzt irritiert und gefoppt die Tüte zurückriß, um sie mit derselben Zielsicherheit einer anderen, die hinter mir gestanden haben mußte, an die Hand zu hängen, wieder mit demselben Ausruf, dem schneidenden, drängenden Tonfall, diesen punktierenden Augen, die Augen der Kinder, die Augen der Anpreisenden, so tat, als wäre ich nicht, als gäbs mich nicht, obwohl ich mit einem Lächeln verweilte, dann weiterhastete.

Ich spürte, wie sie sich hinter meinem Rücken verknäulten, übereinander herfielen, ein und dieselbe Gier werden, sich ausweiden, nach Geld suchen, ein Fleischhaufen, tote Körper, leblose Gesichter, die sich endlos vermehren, ein und dasselbe werden, eine Menge aus fleischigen Platzgeburten, die nicht aufhören kann, sich zu entleiben, und gleich einer Gärmasse sich auf- und ausdehnt.

Eine Trinkquelle auf Rädern, an der einige wohlbeleibte Männer sich lümmelten und noch angetrunkener wirkten, machte mir deutlich, daß ich mich auf der gefährlichen Gratwanderung zwischen Bewußtsein und Abtauchen befand, daß dieser halbselige Suff nur intensiver eine Überwachheit hervorrief, die ich doch durch Alkohol hatte überwinden wollen.

»Jawohl, das geschieht dir recht«, sagte es in mir: »Alles was du nicht wolltest, alles; nichts, was du wolltest, nichts, nichts: Paß weg, Zimmer weg, Beweise weg, Besinnung weg und alle Zeichen in Auflösung.«

Als ich wieder aufschaute, befand ich mich dicht vor dem Trinkwagen, eine Reihe dickster Bäuche direkt vor meinen Augen.

Ich mußte schon einige Meter entkommen gewesen sein, da johlte es mir hinterher: »He! Du ... bleib doch! Was ist das!«, sie fielen wieder in ihr Prusten: »Was ist das ... hängt unter der Schlafzimmerdecke...«, haltloses Prusten, »... und, und krault sich die Banane?« Das Wort Banane war noch nicht ganz ausgesprochen, da warf sie brüllende Schadenfreude ineinander: »Ein betrunkener Kronleuchter!« konterte ich, und obwohl das gefiel, konnten sie die Auflösung nicht bei sich behalten: »Günter! Günter...«, brüllten sie im Kanon: »Das ist unser Günter, den sie abgeholt haben!«

In diesem Moment kam am Stand eine resolute Frau vorbei, die offensichtlich alle Schandmäuler bestens kannte, dem lautesten Brüller mit einem Streich das Schnapsglas aus der Hand schlug und wetterte: »Schämt euch, pfui, kann ich da nur sagen!«, dann wieder: »Komm bloß nach Hause!« Und die freie Hand beschwörend in den harmlos blauen Himmel gehoben, rief sie: »Ein Tierkopf wird dir wachsen!« ... Unversehens lief ich allein, der Markt blieb hinter mir, nur ab und zu hörte ich Kisten auf Autos schieben, einige Befehle, hörte auch schon, wie der Reinigungswagen kam und der Abfall ineinandergeschoben wurde, und wie gleich darauf Wasserwerfer der Unreinlichkeit ein Ende setzten.

»Tierkopf, Tierkopf«, sagte ich wieder und ertappte mich, wie ich mit vorsichtiger Berührung den Kopf betasten wollte.

Voll kleiner Schrecken lief ich auf eine Bank zu, die vor einer kugeligen Wiese stand und auf der, wie ich doppelt ausmachen konnte, nicht mehr als zwei Menschen saßen, die eine friedliche Ruhe verbreiteten. Beschämt und leise ließ ich mich auf der Bank nieder, sinnierte in das zarte Grün, das einen kleinen Anhang dicht bedeckte bis an eine Baumgrenze, die dunkel dastand, dahinter nichts als das Ende des Tages. »Schön ist es hier! Wie ist es schön!« sagte die Frau, die sich nicht zu mir umdrehte, sondern weiter – ähnlich versonnen wie ich – auf dieses junge Lindgrün schaute.

Mir war, als zöge die Wirkung des Alkohols ab, eine Ebbe, die einsetzte und mich zurückließ, grundlos, einfallslos, abgeschnitten von allen Vorhaben. Die Stille, die sich in mir ausbreitete, hinterließ kein Gefühl der Kraft, kein Ziel, um aufzustehen. Wozu saß ich hier? Ich schloß die Augen, fühlte, wie sich das Grün in mich einfärbte, der Wald sich in ein weiches, wohliges Tiermaul verwandelte, in dem ich froschgrün verschwand.

Ich bestand aus nichts anderem als aus Ohren und Rumpf und hörte aus weiten Fernen, großer Nähe ein stetiges Flüstern: »Nein, nein ... Karlchen, niemals die Spatzen, laß das doch! Kannst du nicht einmal nur so dasitzen, einfach nur so, sieh – den Ginster, nein ... dort, links, da ... vor den drei Bäumen! ... Immer noch nicht? Dann tu mir doch den Gefallen und setz die Brille auf, bitte, auch wenn dich alles langweilt, es ist doch schön, wenn du siehst, was ich sehe ... ich verstehs einfach nicht!« Sie mußte ihm näher gerückt sein, die Bank bewegte sich, und sie sprach wieder in dem zärtlich eindringenden Ton: »Karlchen, ich wette, du hast wieder das Hörgerät rausgenommen ... Ach – was soll ich bloß mit dir machen, was? Mein Gott – bist du ein Lebensstoffel!« Und so, als suche sie noch eine Person, die zu bemuttern ist, wandte sie sich nun mir zu: »Sie sehen bekümmert aus«, und weil ich mich ärgerte, daß sie sofort einen wunden Punkt traf, sagte ich unwirsch: »Ich bin besoffen!«, hoffte, sie damit abgeschreckt zu haben und nicht in Gespräche verwickelt zu werden.

»Ach – das kann schon mal vorkommen«, hörte ich, und nun wollte ich sehen, wer diesen Satz spricht, blickte in ein auffallend freimütiges Gesicht, von einer großen Brille bewacht, umrandet von kurzen grauen Haaren, die kreuz und quer standen, und forderte sie heraus: »Das meinen Sie doch nicht wirklich!« Nun hatte sie Gefallen an mir gefunden, sie ließ die Hand des Gebrechlichen an ihrer Seite los, freute sich: »Sie – Sie sind eine Querulantin!« Und gleich wieder nach der Hand greifend, rückte sie ein wenig nach vorn, um ihrer Munterkeit Bewegung zu verschaffen: »Und außerdem – reden Sie nicht gern! Nicht wahr? Alle, die nicht gern reden, wollen meist nur eines: recht behalten!« So viel Scharfsinn lockte, und ich beugte mich ein wenig vor, nach dem Mann, dessen Schuhe und Hand ich nur sah, Schuhe, die fein geputzt und artig nebeneinanderstanden. Er trug einen hellen Staubmantel, darunter war ein hellbrauner Anzug zu erkennen. Von der Seite sah ich ein spitzes Gesicht, das einem Vogelkopf glich. Eine schöne gerade Nase machte es markant, eine Nase, die er ständig befühlte und die sie mehrmals abgeputzt hatte mit einem riesigen Stofftaschentuch, das sie ihm jedesmal wieder zusammenlegte und in die Hand drückte. Ich fühlte Rührung und sagte: »Es stimmt, ich habe in letzter Zeit nicht viel gesprochen, ich habe dafür erlebt!« »So – na was denn? Nein – ich versteh nicht. Nimmt man Nahrung zu sich, sondert man auch etwas ab. Erlebt und sieht man etwas mit den Augen, mit dem Herzen, mit dem Verstand, wenn das auch seltener ist, nicht wahr? ... Muß man doch etwas absondern. Was hineingeht, muß in anderer Form wieder heraus, oder man bekommt Verstopfung. Soll ich Ihnen was sagen?«, dabei wandte sie sich mir ganz zu, nahm die Brille ab, schaute mich mit leuchtenden, ungeschützten Augen an: »Sehen Sie meine Augen, sehen Sie darin, was ich gesehen habe ... alles steht drin, alles, ich habe es ausgesprochen ... und die Namen der Dinge, der Wiese da – der Bäume – dort, sehen Sie die verliebten Birken ... die Namen der Menschen, der Tiere, sie sind wieder in meine Augen zurückgekehrt, das Hirn ist ein weiches Bett ... und die Lider, sehen Sie, meine Lider, die Lider sind das Gartentor, das nachts verschlossen wird.«

Sie schaute wieder nach ihm, faßte ihn an, wandte sich mir aber gleich wieder zu, entflammt: »Ach – Karlchen schweigt und schweigt. Nein – er ist nicht alt, er ist nicht älter als ich ... er hat Verstopfung, ganz einfach!

Hören Sie den Menschen zu, hören Sie zu: Hören Sie etwas?! Wissen Sie, der Mensch war ein Lichtbringer, heute ist alles dunkel, die Mode, die Worte, die Sinne, die Zukunft. Entschuldigen Sie, wenn ich das so sage: Der Mensch unterschied sich vom Tier durch die Sprache, das Sprechen. Wir haben uns aufgerichtet«, und sie nahm Haltung an: »Um die Dinge um uns herum zu umfassen, sie von oben zu sehen, sie zu lieben im Umherschweifen, aufrecht und sehend ... Wissen Sie, was mein Karlchen hat!«, dabei ertappte sie ihn, wie er die Spatzen mit einem Streu aus der Hosentasche fütterte: »Nein – bitte nicht, Karlchen, du weißt, ich mags nicht, wenn du immer nur die Spatzen fütterst, die kommen allein zurecht, sind dreist genug, laß das!« Sie säuberte ihm die Finger und redete weiter: »Nein – er ist nicht krank, er ist ganz gewöhnlich gesund, er hat etwas ganz Schlichtes, was in den Mund hineinwächst: Seelenalzheimer! Nein – Sie müssen nicht lachen, ich weiß, wovon ich rede, vierzig Jahre habe ich gelernt, darüber zu schweigen!«

»Das ist ein verrückter Gedanke«, sagte ich und versuchte, so gut ich konnte, darüber nachzudenken; sie nahm ihn in den Arm: »Sitzt du gut? Weißt du, ich möchte noch ein bißchen sprechen! Ich weiß nicht, wie es Ihnen geht, aber ich ... ich habe drei Söhne und einen Mann, das heißt, Sie werden es nicht glauben, Nichtsprechen auf vierfache Weise, deswegen rede ich, ja – ich rede einfach, ich muß reden, es ist, als würden meine Augen austrocknen, nicht mein Mund, verstehen Sie? Die Söhne sprechen mit den Maschinen – und ... ja – mein Mann macht den Mund nur auf, wenn er ißt! Und auch das...«, dabei warf sie sich vergnügt an meine linke Seite, »wird immer weniger! ... Ja – Karl, wir gehen bald!«, und sie streichelte ihn, da bemerkte ich erst, daß seine Hand ein ruhiges, stetiges Zittern hatte, daß er sie auf seine Knie ablegen wollte und das Knie nicht traf, sie fiel immer wieder seitlich herunter, dann nahm sie die Hand in ihre und legte sie auf ihre Beine und schaute in den Himmel: »Hören Sie, wie das Schweigen herunterfällt, wie es auf uns niedersinkt, hören Sie, wie es knistert?« Ich sagte: »Ja, es ist schön, Ihnen zuzuhören, ich werde schon direkt nüchtern!« » Wie wunderbar, es macht mir so Spaß!«...

Das belustigte sie so, daß die dünnen Beinchen ein-, zweimal in der Luft strampelten, wie ein übermütiges Mädchen, und sie versuchte, mir etwas Gutes zu sagen: »Und – Sie müssen nicht glauben, daß ich verwirrt bin, nein, nein – ich weiß genau, daß Sie nichtsprechend hören! Sie nehmen mir das nicht übel, nicht wahr?«

Und nach einer Pause wollte ich meine beginnende Nüchternheit nutzen, um sie auszufragen: »Ich bin erst kurz hier, aber ... komisch, die Stadt ist mir unheimlich!«

Im Nu ging von ihr eine Schroffheit aus, die mir unerklärlich war und mich auf den häßlichen Gedanken brachte, daß sie zu lange mit sich allein sprach. »Was sagen Sie da? Unheimlich? Was ist denn das? Sehen Sie, ich habs doch gleich gesehen, Ihnen geht es nicht gut! Sie werdens nicht glauben: Hier ist das, ach – wenn es doch unheimlich wäre, was soll schon daran unheimlich sein! Sehen Sie, es gibt andere Länder, bessre, kultiviertere, ja – die fürchten sich nicht so vor einer Symbiose mit dem Tier ... Ich habe mir allen Ernstes oft vorgestellt, wie es wäre, mit einem langen Elefantenrüssel aufzuwachen, ach – stellen Sie sich doch bloß vor, wie wunderbar es wäre, auf diesen wuchtigen Beinen durch dieses sanftmütige Grün anzusteigen, um sich dort an dem knallgelben Ginster zu laben!« Und sie klatschte in die Hände: »Karlchen, wär das nicht was für uns, hast du verstanden? Ach ... nein, ich weiß ja! Der Mensch ist nur müde geworden, da, wo irgendwann mal Hoffnung war ... Hoffnung, Hoffnung, was für ein albernes Wort, ist Furcht geworden, Furcht vor sich selbst und eben auch vor dem Tier, so einfach ist das!« Für kurze Zeit verschwand sie in Schweigen, sie schien alles vergessen zu haben, starrte auf die Spatzen, die sich die Körnchen wegpickten. Dann schaute sie wieder in dieses verblassende Blau und rief aus: »Ist das nicht ein wunderbarer Tag, ein Tag wie ein Bächlein aus der Kinderzeit, schau – Karlchen, sieh doch hin!« Er bewegte die beiden Schuhe ein ganz klein wenig, als wollte er laufen, gab ihr die Hand und sagte: »Ja!«

Ich fühlte deutlich, wie der Schutz des Alkohols nachließ, es war ein allmählicher Fall in vordergründiges Erfassen und Begreifen.

Nur die Ohren, das Gehör waren wachsam, und die Worte, die Töne und Geräusche, ja – selbst das ständige kaum vernehmbare Zupfen des rührenden alten Mannes an der Nase klangen aufdringlich pergamenten.

Die Redselige beobachtete mich zutraulich, und es schien, daß sie um meinen Zustand wußte, mein einsetzendes stumpfes Schweigen nicht als Abwehr auslegte. Sie betrachtete mich mit zunehmendem Interesse: »Es ist besser, ich erzähle Ihnen noch etwas, sonst kippen Sie mir noch von der Bank!« Ich lächelte mit einem gewissen Aufwand: »Sitze ich denn noch?«, kramte in der Jackentasche nach Geld und hielt mir Scheine und Kleingeld vor die Augen, um nachzurechnen, ob ich mir ein Essen leisten könnte. »Es sind über dreißig Mark!« vermittelte mir die Nachbarin, wohl geübt, die Augen, das Gehör und die Sprache zu übersetzen. »Nein – Karlchen, das hast du natürlich wieder nicht gesehen!«

Ich schaute auf die Uhr, weil einige Menschen mit Hunden, die sie von der Leine ließen, im Grün auf und ab gingen, die Tiere stürmten sogleich bis an den Rand des

Waldes, der versteinert dastand und eine Kühle von sich gab, die ich spürte. »Gestern, ja – erst gestern saßen wir auch hier, genau an diesem Platz, es war doch gestern?

Ja – es war auch schön, nicht so klar wie heute, aber schön zum Sitzen und Schauen. Einige Menschen gingen spazieren, vielleicht drei oder vier Leute ... es sieht so schön aus, wenn sie in dem Leuchten der Farbe herumgehen und ganz leicht aussehen, eine Leichtigkeit, als hätte das Leben Flügel; ja – so sieht das aus, wundervoll! Aber dann ... nein – ich muß lachen ... eine Frau mit mächtig kurzem Rock – führte ihren Hund, dürres Tier, so was mit langer edler Schnauze, hohen Beinen ... ach – nein ... solche Hunde kann ich nicht leiden. Plötzlich taucht da oben aus dem Wäldchen ein Mann auf, vollführt merkwürdige Bocksprünge, kugelt sich den Abhang herunter, ich denk: ein Junge, nein, ein ausgewachsener Mann, der sich auf dem Gehweg wieder irgendwie aufrichtet ... als wär der Rücken zu kurz, denk ich noch ... da springt er auch schon in verrücktesten Drehungen und Zick-Zack-Läufen an die Frau heran! ... und beschnüffelt sie!« Mir entfuhr unkontrolliert: »Nein!« »Doch, doch ... haben Sie so etwas schon mal gesehen? Und niemand hat es bemerkt, es war einfach ganz normal ... und wie leichtfüßig springend er war, eine solche Beweglichkeit – da muß man schon üben! ... Ja – wirklich schnüffelt! springt, hüpft ... und tuts, tuts ... immer wieder!« Nun rang sie die Hände und schlug sie vor ihrer Brust zusammen: »Als würden sich Hunde den Hintern beriechen!« Sie griff nach meiner Hand, damit ich mich nicht entziehen konnte. Trotz meiner Betäubung konnte ich dieser Erzählung nichts Komisches abgewinnen: »Nein...«, sagte ich wahrheitsgemäß: »Ich finds eher unheimlich.« ... »Was reden Sie da bloß!« ... rief sie ärgerlich: »Darum geht es doch gar nicht! Jetzt haben Sie mich ganz aus dem Takt gebracht!« Ich war verblüfft über den Stimmungswechsel, aber es war mir trotz der Lautstärke egal. Sie verstrickte sich in einem Mitteilungseifer, daß sie kaum wußte, wie sie sich hinsetzen sollte, ruckelte nach vorn, stemmte sich mit den kleinen Füßen, griff ihrem Mann unter die Arme: »Karlchen verzeih«, wandte sich mir zu und nahm meine Hand: »Es ist pure Wahrheit! Nein – Sie können nicht wissen, was pure Wahrheit ist, ach – sie ist ... wie soll ich sagen? ... Ja – sie ist das goldene Vlies, das wir ein Leben lang suchen – und auf dem wir sitzen!! So, ja ... so ist das!« sprudelte sie froh heraus, suchte in mir Bestätigung.

»O ... mein Mann aß gern, einmal, weil ich gut kochte, und dann, weil er gelernt hatte, daß Essen stark macht. O ... ja – er hat sich immer von mir viel auftun lassen, mein Gott – das mochte er ... der Teller vor ihm, die Bestecke rechts und links schon gezückt, kleine hochgestellte Waffen, unter die ich das Ziel gestellt hatte: ein voller Teller!! ... Damals – redeten wir noch miteinander –«, dabei brach sie boshaft in Gelächter aus und klatschte mir auf die Hand: »Ich sagte: Laß es dir schmecken! Und er sagte: Ja ... ganz klar und unmißverständlich: Ja!« ... Auf einmal warf sie den rechten Schuh von sich: »Verdammt, der drückt!« Und mit verschmitzter Hinwendung tickte sie auf die Schulterpolster des stillen Gefährten: »Ich rede über dich! ... Also ... die Kartoffeln, die Möhrchen, die Erbschen, das Stück Fleisch liegt – vor ihm ... keine Miene verzieht sich, ein Gesicht – wie zur Kommunion! Die Gabel stößt auf die geschälte Kartoffel zu, spießt sie auf ... und mit Geschwindigkeit verschwindet sie im Mund ... wird vom Mahlwerk der Zähne gründlich vernichtet. Erstes zufriedenes Ausatmen, ohne Ton, mehr ein Grunzen, nein, nein ... kein Wort, beim Essen wird nicht gesprochen, was auch!??« Und sie fiel mir vor Freude beinahe in den Schoß: »Nun – wieder der spähende Blick, jetzt ist das Fleisch dran, und das Messer kommt zum Einsatz ... dafür ist es ja da! Es trifft den Fleischlappen, tief hinein, die Gabel stützt und hält, ein erstes großes Stück ist im Besitz der Gabel – ... der Mund nun auf, auf ... weit ... und schnell ... und hinein – und zu mit dem Mund; und während das Mahlwerk zu tun hat, suchen die Augen und die Bestecke den nächsten Bissen ... er wird umkreist, während, ach – während so herzhaft gut und hörbar gekaut wird! Gottlob ... die Möhrchen sind willfähriger, das Messer legt sie zurecht: die Beute für die Gabel ... die Gabel dringt tief ins Weich; das Möhrchen hängt am Spieß und wird, ja – ich sags Ihnen, schon richtig in den Mund hineingeworfen ... und immer getroffen!«

Ich unterbrach: »Zwicken Sie mich bitte mal!« Sie zwickte mich und sprach weiter: »Die Erbschen sind, gottlob – alberner Kinderkram, einzeln oder paarweise trifft es sie ... Die Widerspenstigkeit ist nun gebrochen, die Aufnahme der bunten Beute wird zur Routine, geht schneller und schneller: Mund auf ... zu ... auf ... und zu ... und weg, runter ... die Gesichtszüge glätten sich ... dann plötzlich ist der Teller leer, ganz leer ... Gabel und Messer fallen erschöpft neben das geleerte Porzellan, die Serviette wischt über den Mund, der sogleich lächelt, ja – dankbar ... würde ich sagen ... und danach ... wird gesprochen, richtig gesprochen. Ich frage: War es gut?, und mein lieber Mann antwortet freundlich, ach ... wie freundlich, freundlich wie immer: Ja!« Danach hob sie mit schauspielerischer Geste langsam die Schultern in die Höhe, blitzte mich hocherfreut an, und wir fielen uns in die Arme und schüttelten uns vor Lachen. Aber ganz unvermittelt hielt sie inne, richtete sich auf, nahm die Brille ab, wischte sich die Tränen unter den Augen fort und sagte: »Nein, nein, Sie haben nicht begriffen ... ich habe es erzählt, weil beide Beobachtungen und Wahrheiten ein und dasselbe sind, es besteht kein Unterschied, nein ... keiner.« Mit schnellen und selbstbelustigten Bewegungen zog sie sich den drückenden Schuh über, erhob sich und sagte wieder vollkommen liebenswürdig: »Karlchen, komm mein Lieber, wir gehen nach Hause, nicht wahr?«, streichelte und ordnete seine Haare mit einem Kamm, gab ihm einen Kuß auf die Schläfe und hob ihn vorsichtig in die Höhe: »Eins, zwei, drei, hopp«, wacklig stand er, suchte nach ihrer Hand, und mit einem glücklich hilflosen Ausdruck sagte er: »Ja...«, und trippelte sich an ihrer Seite ein. Indem sie ihn sicher hielt, drehte sie sich noch einmal um: »Sehen Sie, so unentrinnbar hat mich meine eigene Lebensgeschichte hereingelegt: Ein Jahr liebte ich, fünfzehn Jahre pflegte ich, gesprochen habe ich das kleine Alphabet – ein Leben lang!« Mit jedem Schrittchen, mit dem sie sich von mir entfernte, ergriff mich ein diffuses Gefühl von Liebe, das mich bis auf den Grund erschrocken und nüchtern machte, irritiert rief ich ihr hinterher: »Hallo, hallo ...«, sie winkte vergnügt, ließ die Hand sinken, hob sie wieder, winkte – noch einmal und noch einmal, und ich rief, dieses Spiel begleitend: »Auf Wiedersehen, Auf Wiedersehn!« Die Sonne näherte sich der dunklen Grenze des Waldes, das abtauchende Licht hinterließ fasrige Wolkenbänke, die feuerrot vor dem Dunkel standen, und der Wald bekam etwas düster Abweisendes.

Ich streckte die Beine lang vor mich aus, wußte nicht wohin mit den auftauenden Empfindungen, einer Verirrung, die ich, um wenigstens eine Erklärung für mich zu behalten, leichtfertig auf die Wirkung des Alkohols zurückführte.

Tierkopf

Ich richtete mich auf, nahm den Kopf in die Hände, ein Riesenkopf, der mich überragte.

Ein fremdgewordenes Leben schwemmte sich auf mich zu, ein Schwall schaler Bilder, Geröll und Abgelebtes, zog an mir vorbei. Hatte ich die Stadt erschaffen im Labor meines Hirnes?

Jedes irrsinnige Ereignis zerfiel in normale, überbewertete Alltäglichkeit. Die langsam wiederkehrende Nüchternheit beschämte mich, ein Stich durchfuhr mich, ich riß die Augen auf, beschaute meine Schuhe, die schwarz und schwarz unter mir standen, die das Bild meines trostlosen Zimmers wachriefen, in das ich zurückkehren würde. Nur das Gehör bot noch fantastische Übertreibung, ein Auf- und Abebben von Tönen, Stimmen, Bewegungen, eine klangreiche Freudigkeit, die in den Park eingefallen sein mußte, umtoste mich. Hatte mich nichts anderes umgetrieben als simple Allerwelts-Skurrilitäten?

Aber da rief wieder ein Kind nach der Mutter, und ich hörte: Möhrchen, Möhrchen ... und mit einer einzigen Drehung des Kopfes stand das Wort: Tierkopf, Tierkopf vor Augen. Mir war, als sagte ich: Idiotin – und zwang mich mit einem Blinzeln wahrzunehmen, was sich wirklich vor meinen Augen abspielte. Es mußte die Stunde der

Mütter, der Kinder und Frauen gewesen sein. Ein Lebensausschnitt fröhlichen Flanierens: Paarweise schoben sich Kinderwagen an mir vorbei, nackte Beine und Arme spielten Ball, bunte Kleidung warf sich ins Grün, lachende Kinder tobten mit hochgehaltenen Luftballons die Anhöhe hinauf, als würden sie jeden Moment mit dem bunten Runden in sanfter Dämmerung auf und davon fliegen.

Zum ersten Mal erfaßte mich eine Art von selbstverschuldeter Ausgestoßenheit.

Schnell schloß ich die Augen, ergab mich den Resten des Rausches. Wortungetüme näherten und entfernten sich, ließen mein Innerstes vibrieren, ein Membranraum, der feinste Schwingungen sammelte und sie über Hals, Nakken und Schultern verströmte, ein Schweben, Heben und Senken löste die Körpergrenzen auf in eine schwimmende Einheit mit der Atmosphäre.

Aus großer Ferne bellende Hunde, spitze Lacher, freudige Schreie, Rufen und Namen, immer wieder Namen, befehlende Rufe, Klatschen, Kichern, endlose Tonschleifen und Wortgirlanden zogen vorbei, ein Kind schrie in allen Tonlagen der Ungeduld: Mamma! Mamma ...

Ich öffnete wieder die Augen, winzige Lichtsterne platzten und stürzten herab, ein Fetzen wirren Himmels fiel mich an, dann wieder: Tierkopf, Tierkopf. Und als ein Schwarm keifender und raufender Vögel neben mir ins Gebüsch einfiel, wild stöberte, um aus dem Dickicht wieder aufzufahren und mein Gehör mit herauszureißen, in der Höhe zu verteilen, erschrak ich, als hätte jemand mit einem Stein nach mir geworfen. Das Herz begann heftig zu schlagen, Panik ließ mich aufspringen, ich könnte mich selbst in den Wahn verwandeln, den ich verfolgte. Ach – wie war das Leben arglos und liebenswürdig, ein ruhiger

Blick nur in die Oase des Abends, und ich schämte mich dafür, dieser kindlichen Harmonie mit dunkler Abgeschiedenheit zu begegnen.

Ich stand noch nicht ganz, da warf ein Kind einen Ball direkt vor meine Füße. Das Kind verharrte in einem geringen Abstand, erschrocken über den Übermut, streckte die Arme aus, und ich nahm den Ball, warf ihn zurück, es drückte ihn fest an den ganzen Leib und rannte mit Freudenschreien der Mutter zwischen die Beine.

Sprechen, dachte ich, etwas ganz Einfaches tun!

Ich blickte die junge Frau fragend an, daß sie stehenblieb, das Kind mit dem Ball zwischen ihren Beinen: »Suchen Sie etwas?« »Nein ... ja ...«, antwortete ich, und dann fiel mir ein: »Ich habe Hunger, wo kann ich etwas zu essen bekommen?« Während sie überlegte, betrachtete ich sie genau, dankbar für die Möglichkeit zum Reden. Sie hatte blauschwarz gefärbtes Haar, sicher eine jener modernen Mütter, die unverheiratet sind, viele Freundinnen haben, mit denen sie in Discos gehen und gemeinsam das Leben gestalten. Weil ich meinem Sprechen mißtraute, ließ ich mich hinreißen, dummes Zeug über das Wetter, den Park, die Kinder zu reden, während sie sich anstrengte, mir ein Lokal zu empfehlen: »Wissen Sie, das ist hier nicht so einfach, Sie sind nicht weit weg, aber abseits.« Sie lächelte: »Ja – da fällt mir doch was ein. Wenn Sie die Anhöhe ganz nach oben gehen, müssen sie auf der Rückseite wieder runter, logisch, nicht? Also ... wieder runter, immer am Wald entlang, dann kommen Sie an einen kleinen Fluß, der führt sie direkt zu einem Waldlokal, das meist Essen hat. Sie können es nicht verfehlen!«

Das Kind drängelte und warf den Ball in die Richtung, in die es toben wollte, die Frau war entzückt über die

Wildheit, daß sie, während sie ihm schon mit einem Blick voll Zärtlichkeit nachschaute, im Wegdrehen noch rief: »Gehen Sie nicht zu weit in den Wald hinein, er ist im Moment unheimlich, dort ist ein Zeltlager, das geräumt werden soll.« Und schon wegeilend, dem Kind und dem Ball hinterher, rief sie noch einmal: »Das wird unangenehm, die kommen mit Wasserwerfern und Hunden, passen Sie auf!«

Langsam und mit so wenig Gedanken wie möglich ging ich die Anhöhe hinauf, atmete die Friedlichkeit des Abends, genoß die Bewegung, die selbst mein Gehör nüchtern machte. Oben auf dem Kamm herrschte große Stille, ein kalter Luftstrom kam aus dem Wald, ich roch verwelktes Laub, faulende Hölzer, sog den Geruch von Fichten und Tannen ein, so nahe hatte er alle gefährliche Sogkraft verloren; ich konnte Wegschneisen sehen, rote und grüne Banderolen hingen an Bäumen, aus der Tiefe des Waldes drang hohles Rufen, Hölzer knackten, und mal hier und mal dort war Sägen und Hacken zu hören.

Nur ganz selten und plötzlich ein undeutliches Getümmel, mir war, als könnte ich Pfeifen, Trommeln, Hämmern und Stimmen über Mikrophon hören, ich dachte kurz an die Warnung der Frau, hatte aber auch nicht vor, in den Wald hineinzugehen.

Langsam wandte ich mich dem Fluß zu, der gemächlich in die Richtung floß, die sie mir genannt hatte. Von oben konnte ich Verästelungen sehen, kleine Buchten, Hütten, die am Bach standen, blühende und tote Sträucher, an beiden Seiten lagerten Boote, manche waren vollgelaufen und mit Planen abgedeckt, Stege waren auszumachen, zurückgelassenes Angelzeug, verwitterte große Schirme mit Klappstühlen darunter, ein traulicher Landschaftsausschnitt, der aus irgendeinem Grund vergessen und aufgegeben worden war.

Aus dem Dunkel des Waldes wieder erregte Stimmen über Mikrophon, eine gräßlich schneidende Trillerpfeife, dann ein rhythmisches tiefes Trommeln, endlich eine heftige Windwelle durch den Wald – und Stille.

Ich hatte nur Hunger, außerdem waren mir Zeltlager im Wald nichts Unvertrautes. Ich blieb stehen, ein Glücksgefühl ging durch mich hindurch, eine Befreiung. Erleichtert und erlöst warf ich mich in ein Stück Wiesensaum am Rande des Wassers, schaute in den Abendhimmel, lauschte dem Plätschern, dem sanften Fließen über Steine und Stauungen, immer im selben Klang, der sanftmütig durch mich hindurchfloß, mich klärte, so daß ich laut rief: Ich reise ab! Ich lebe! Wie zum ersten Mal hatte ich eine Verbindung zu dem, was ich war, bevor ich die Reise antrat. Die Expedition war gescheitert. Na – und ... Kein anderer Auftrag war zu erfüllen, als meiner.

Na – und – rief ich wieder, um meinen Entschluß zu bekräftigen. Entschlossen sprang ich auf, schloß die Jacke, denn es begann, kälter zu werden. Das Wasserbett weitete sich und verlief ein Stück am Rand des Waldes, dichtes, verwildertes Gestrüpp ragte hoch auf, Spinnweben hingen über und über in den brüchigen schwarzen Ästen, ein kalter Schauer von Wasser und Wald mahnte mich, schneller zu gehen, um nicht in einsetzender Dunkelheit den Weg zu verlieren.

Nicht einmal der Ernst einer früh einsetzenden Finsternis lockte Abenteuerlust, keine Faszination am Risiko, keine Neugier, die mich auch nur einen Tag noch halten könnte. Es war nicht einmal Flucht, kein Ausweichen vor einer ahnungsvollen Verschlingung, es war eine unerwartete Rückkehr ins Leben, das ich ins Ungeheuerliche fantasiert hatte.

Für Sekunden war mir, als müßte ich mich vor mir in acht nehmen, vor nichts anderem, und hinterhältig setzte sich das Wort von Frau Schuhmacher fest: »Schnüffelei.« Und als könnte ich diese Wahrheit nur mit einer klaren Handlung zur Räson bringen, befahl ich mir: Morgen gilt es, den Paß abzuholen und mich auf den Heimweg zu machen! Ich schwor es in den gelassenen Abendhimmel hinein. Die seidige, unerregte Luft löste zum allerersten Mal den mir fremdesten aller Gedanken: nichts als eine Touristin, eine Urlauberin zu sein, eine Strafversetzung, die ich gern annehmen wollte.

Dennoch stiegen die inneren Widersprüche, erholt vom Alkohol, hinterrücks ins Bewußtsein zurück, ein Wechselbad aus Kleinmütigem und Großartigem machte mich so unaufmerksam, daß ich um ein Haar in glitschigem Moos ausgerutscht und ins brackige Wasser gefallen wäre. Nun erst bemerkte ich, daß mir seit geraumer Zeit kein einziger Mensch begegnet war. Nein – keine Einbildungen, keine! – rief ich mir entgegen – und sah das Lokal auftauchen, ein heruntergekommenes Holzhaus, dicht an die breiteste Stelle des Flusses gesetzt, davor einige Boote, die verwittert aussahen und mit dickem Tauwerk festgezurrt waren, das schlangenartig die Fläche des Anlegeplatzes bedeckte. Die Frage drängte sich auf, ob es eine zerfallende oder zerstörte Idylle war; nein! rief es erneut in mir, gottlob – setzte sich die Forderung des Hungers zur Wehr und erhöhte mein Tempo. Die Vorderseite des Hauses war über und über mit Bierwerbung beschlagen, das Wasser lief mir im Munde zusammen, bekundeten doch die alten Brauereitafeln zumindest, daß die Inhaber für außergewöhnliche Biersorten gut sein mußten.

Ein brennender Durst ging durch die Kehle, und ich überquerte hastig eine schmale Holzbrücke, die gefährlich knackte und schaukelte, unter ihr dümpelten einige Tretboote, die voller Vogelkot, Wasser und Bierdosen waren und wenig Vertrauen einflößten.

Direkt vor dem Haus weitete sich der Fluß zu einem kleinen See, mit Schilf und hohen Gräsern umwuchert; buntgefiederte Enten, Möwen und Wasservögel tummelten sich und stürzten in die glatte Oberfläche, und der Anblick einer Bleßhuhnfamilie, die in zierlicher Aufreihung das Wasser durchquerte und ihren Jungen das graziöse Ein- und Auftauchen beibrachte, genügte, um mich vollends als Urlauberin zu empfinden und die Lust zu verspüren, ins Wasser zu springen. Ein Gefühl von Unbeschwertheit dehnte mich, als hätte ich mir einen neuen Namen gegeben und begänne hier in diesem Moment mein Leben, wie ich es liebte. Und als müßte ich nach einem irren Umweg wieder an meinem Ausgangspunkt anknüpfen, sagte sich der Satz: Alles, was ich wollte ... mit einer solchen Entlöstheit, daß sich alle Gedanken aus den Zügeln rissen und aufflogen mit einem Schwarm Schwäne.

Nun stand auch an einigen Bäumen, gut lesbar, Wanderweg 3 ... zur Stadt, und zur weiteren Beruhigung gingen einige Menschen, die eingehakt der Stadt zuschlenderten, Abendspaziergänger, wie mir schien, die hier gegessen hatten. Ich sah auch eine Gruppe von jungen Männer, die, übermäßig dick angezogen, eine Kiste mit Bier in ihrer Mitte trugen und im Wald verschwanden.

Aus der Tiefe des Waldes drang wieder ein anschwellendes Gedröhne: kreischende Stimmen, Mikrogezänk, aufgeregt bellende Hunde; eine Brandung fremdartiger Laute, von wildem Hacken und Hämmern begleitet ein ferner, weiter Einbruch, mit dem ich keine Berührung finden würde, so sicher war ich mir.

Selbst als noch ein verwahrlostes Gartenstück zu durchqueren war, ich aufpassen mußte, nicht über umgekippte Tische, zersplitterte Stuhlbeine, zerfetzte Hängematten, zerschlagene Bierflaschen zu stolpern, und mich im letzten Moment auch noch ein säuerlich brackiger Geruch von der Rückseite des Hauses anfiel, ließ ich meine Hochstimmung nicht schmälern, befahl mir: nicht riechen, nicht sehen, nicht hören – und rein!

Miefige Armseligkeit, wie sie Saisonbetrieben zu eigen sein kann, umfing mich, und als dann auch noch die Tür knarrend ins Schloß fiel, ich mich irritiert mehrmals umblickte, dachte es: in der Falle.

Kein Mensch und nur eine Stille, die an Einmottung denken ließ und die die faulig-schimmligen Gerüche intensivierte.

Als erstes erstand eine massige Theke mit vier Zapfhähnen in einem solch geputzten Zustand, daß die Messingfarbe ins Auge biß und mich blendete, eine Zigarettenrauchwolke verflüchtigte sich in einen dunklen Gang, die mir verriet, daß hier jemand anzutreffen war.

Drei, vier Tische mit scheußlichem Gestühl standen um die Fenster herum, eine Einladung, die ich laut und vernehmlich wahrnahm. Sitzen, Bier trinken und essen mit zufriedenen Gedanken, das war alles, was ich wollte. Auf dem Tisch ein Plastikhalter mit einer Eiskarte, eine zerknüllte Serviette, Bierdeckel, eine winzige Vase, die eine künstliche Nelke hielt.

Erwartungsvoll schaute ich in Richtung der blitzenden

Messinganlage, aus der recht bald, wie ich hoffte, ein Mensch hervortreten würde, um an mir eine offensichtlich selten geforderte Gastlichkeit zu üben.

Bloß keine Ungeduld, schließlich bin ich eine Touristin mit viel Zeit, wenn auch mit einem unmäßigen Hunger. In der Ruhe eines gewöhnlichen Gastes betrachtete ich den abgestandenen Raum, entdeckte Serien von Fotos, Riesenvergrößerungen von Menschen, die zu Gast gewesen sein mußten, vollbesetzte Tretboote mit ausgelassenen Urlaubern, essensbeladene Tische, braungebrannte Arme, die Humpen Bier stemmten, in die Höhe gehaltene Würste, Kinder, Kinder aller Altersgruppen, neckisch und putzig angezogen, auf Männerbeinen mit Shorts oder hochgekrempelten Trainingshosen, Familiengruppen – zu einem Gesicht in die Kamera gezwängt.

Eine erstarrte, abgelebte Bildfolge von Sommer, Urlaub und Sonnenausnahmezustand, abstoßend und anheimelnd. Die Vergangenheitsansammlung faszinierte mich so, daß ich um die Bilder herumging und plötzlich an einer Nische vorbeikam, in der eine Frau saß, die etwas in ein Buch eintrug und sich keinen Deut um mich scherte. Sie blickte nicht einmal auf, ich lief erschrocken an meinen Tisch zurück, nahm mir vor, mich unaufdringlich und wartend zu verhalten, um nicht Gefahr zu laufen, mir Ärger einzuhandeln.

Ich hatte mich kaum hingesetzt, mein stark klopfendes Herz gehört, als die Frau rief: »Ede ... komm schnell!« Und weil ich aus der Tonlage eine Warnung herauszuhören glaubte, rief ich beherzt: »Guten Tag!«, bekam aber keine Antwort, nur der überschwengliche Ausruf stand peinlich im Raum. Eine Rauchwolke, die sich nun neuerdings durch den Gang schlängelte, zeigte, daß jemand kam, und ich empfing den Rauchenden nochmals mit freundlicher Begrüßung: »Guten Tag!« Keine Antwort, und wenn mich nicht alles täuschte, blitzte er mich eiskalt an, als wäre ihm endlich die Person ins Netz gegangen, mit der er eine Rechnung zu begleichen hatte. Keine Deutungen und Hirngespinste! beschwichtigte ich mich, setzte mich in Positur und gelobte Besonnenheit. Als er allerdings hinter der Theke hervorbrach, als würde er mich unweigerlich überrennen, beugte ich mich mit einschmeichelnder Stimme vor: »Schön – haben Sie es hier!«, und sah mit Bewunderung auf den kleinen See, der dieses Lob nun wirklich verdiente. Von ihm ein Achselzucken, verbunden mit einem: wie pah ... Er ging mit harten Schritten an die Tür, rüttelte an ihr und zog sie krachend ins Schloß, rief, mich übersehend: »So – finden Sie! Komisch, das können wir gar nicht finden! Goldie ... hast du gehört, was die Dame da sagt: schöööön!« Sein Mund verzog sich grimmig in gedehnter Herablassung.

Und ohne daß die Frau in meine Richtung schaute, hörte ich: »Sie ist es!« Mein Herz flatterte, der Durst wurde staubtrockene Kehle, verirrt sah ich mich um, suchte Vertrauen im Ausblick, als ich ihn schon wieder auf mich zukommen sah, mit sehniger Aggressivität durchmaß er den Raum, grinste mich an, lief wieder an die Tür, die er nun wirklich und wahrhaftig zuschloß. Ich sah ihm entgeistert zu, während er in die Hände klatschte und sagte: »So – nun haben wir Zeit!« Mir stockte der Atem, und vor Wut standen mir so viele Sterne vor Augen, daß ich keinen einzigen Fluchtweg erkennen konnte.

Eben erhob ich mich vom Stuhl, als ich schneidend ermahnt wurde: »Sitzenbleiben sag ich...!«

Ich fiel auf den Stuhl zurück. Verfluchte Stadt! erlaubte ich mir aber zu denken, war mir noch sicher, daß sich der

Irrtum aufklären würde. Es war, als hätte er meine Gedanken erraten: »So wendet sich das Blatt...«, hörte ich, und sie antwortete: »Heute so – und morgen so!«, dabei schlug sie das Buch zu und betrachtete ihn stolz, wie er gewaltig hinter dem gewaltigen Tresen stand, sich eine Zigarette anzündete und den Rauch ausblies, dann den Zapfhahn aufdrehte, ein Glas drunterstellte und mit zischendem Überdruck Schaumiges hineinzielte. Da er mich währenddessen so unverwandt anstarrte, dachte ich: Das wird für mich sein, entschuldigte die unpassende Einleitung und lächelte unbestimmt in seine Richtung: »Wunderbar – endlich ein Bier! Ich habe schrecklichen Durst«, auch als keine Reaktion kam, ließ ich mich nicht beirren, tat, als hätte ich es schlichtweg mit einem Muffigen, Mürrischen zu tun, und munterte weiter auf: »Haben Sie vielleicht auch etwas zu essen, ich war den ganzen Nachmittag unterwegs, hier gibt es weit und breit nichts!« Kein Ton, nur dieser giftige Blick: »Wissen Sie, ich war richtig froh, Sie endlich gefunden zu haben!« Wieder nichts. Aus der Ecke hörte ich den unfaßlichen Satz: »Tiermehl ... haben wir noch – für die Dame!« Von ihm nichts als dieser Blick, mit dem er langsam das gefüllte Glas hochhob, es in der Höhe hielt, als wollte er mir zuprosten, es dann in einem gemein genüßlichen Umweg an den Mund führte – und es bis auf den Grund austrank. Er wischte sich den Mund und höhnte: »Froh – ist sie, hörst du, Goldie!«, zog den fürchterlichen Blick von mir ab, bückte sich, öffnete den Kühlschrank, entnahm ihm eine Packung Würste, die er gereizt aufriß, eines der fettigen Dinger herausholte und, mich nun wieder fixierend, aufreizend hineinbiß.

In diesem Moment verließ mich alle Besonnenheit, ich sprang auf, warf den Stuhl um und stand unversehens vor der Theke: »Sind Sie noch ganz dicht?! Was fällt Ihnen ein! Ich bin ein Gast und will etwas zu essen und zu trinken!« Und mit der Androhung: »Sie öffnen augenblicklich die Tür ... oder!«, war ich auch schon an dem Schloß, wollte eben den Schlüssel abziehen, als er hinter mir stand, mich mit solchem Schwung wegdrückte, daß ich gleich wieder auf einem Stuhl landete.

Von ihr wieder ein monotones: »Sie ist es!«, dann allerdings ein Wort, das mich erregt hellhörig machte: »Scheißperverse!«

In der Falle

Panik packte mich, daß es dieses zufällige Ereignis sein könnte, daß ich hier an diesem Ort, in diesem Moment, während ich naiv sicher war, abzureisen, meinen Weg selbst zu bestimmen, abstürzte in den Abgrund, mit dem alle anderen Ereignisse undurchschaubar verwoben höhnisch aufleuchteten. Mir war, als drängten die beiden Hirnhälften auseinander, ließen mich in einem Loch zurück, die Bilder aus den Angeln, das Fundament meiner Geschichte zerstäubt.

Ich sprang auf, holte tief Luft und stürzte in die Richtung, wo sich die beiden verschanzt hielten, hatte sogar durch den Anlauf die Kraft, ihn am Hemd zu packen und die Lederkrawatte umzudrehen, so daß seine Augen ungläubig heraustraten und ich deutlich spüren konnte, wie durch seinen muskulösen Körper ein Zittern fuhr. Sie schrie tatenlos auf. »Ede! ... Das sind die Schuhe, das ist die Stimme, das ist der Gang!«, dabei trampelte sie auf dem Boden herum, die Hand vor den Mund gedrückt, fassungslos, daß ihm, dem starken Mann, eine solche Verblüffung in die Glieder fahren konnte. Die Wirkung meiner Entschiedenheit war derartig überraschend, daß ich übermütig wurde: Mit einem lässigen Boxhieb unters Kinn ließ ich die Krawatte los und schaute auf meine Schuhe, die drohten, mir zum Verhängnis zu werden.

Selbst als ich den Mann losgelassen hatte, schwankte er ein wenig, und mit einer erregten Verdutztheit im Gesicht begann er sich Luft zu machen: »Goldie ... Goldie ...! Du bist Zeuge, der zweite Angriff!« Und als müßte ihn die Ratlosigkeit zur Putzfrau machen, ergriff er ein Handtuch und wedelte kindisch in meine Richtung, traf mich nicht, wirbelte nur Staub auf, der bislang ruhig auf der gedrechselten Lampe gelegen hatte und sich nun sacht auf der fein geputzten Messingplatte niederließ. Mein errungener Sieg machte mich leichtsinnig, ich mußte mit einem Lachanfall ringen. »Ede! ... Das sind sie, das sind sie...!« rief sie nun erneut und deutete heftig auf meine Schuhe herab, die, eben noch als unansehnlich empfunden, nun zum verräterischen Indiz, zum Angelpunkt eines Spuks werden sollten.

Ich hob den rechten Fuß und lachte, hob den linken Fuß und lachte: »Sehen Sie ... ist das nicht absolut verrückt, einfach lachhaft, diese ... diese ... Schuhe, mit denen ich nicht hier war, sollen hier gewesen sein?« Ich genoß, wie die beiden sich vor meinem Lachen mehr fürchteten als vor meiner Tätlichkeit, mit offenem Mund, die Augen gebannt auf die Tatwerkzeuge, während ich wieder den rechten hob: »Ja – sehen Sie nur hin, es sind tatsächlich meine Schuhe ... nein, nein ... ich leugne es nicht!« Sie folgten fast artig meinen Blicken: »Sehen Sie hin, es müssen eigenartige Schuhe sein, wenn diese gestern, wie Sie sagen, ohne mich, ohne meinen Fuß und ohne meinen Körper, hier gewesen sein sollten! Nicht wahr, das müssen Sie doch zugeben, oder?« Mir war, als nickten sie brav: »Glauben Sie mir, ich übernehme für eine solche Ungewöhnlichkeit alle Haftung ... doch, doch ...« Die Frau entblödete sich nicht, einmal in die Hände zu klatschen, als wohne sie einem Schauspiel bei, sammelte sich aber gleich wieder und steckte die vorwitzigen Hände unter die Achselhöhlen und blickte scheu in die Richtung des Stämmigen, der immer noch ohne eine Regung auf die Schuhe stierte. »Und ...«, redete ich weiter, jetzt schon gewagt belustigt: »Ja – und was machen wir nun mit dem Rest?« ... Sie blickten mir entgeistert in die Augen: »Ja – mit dem Rest, der in den Schuhen steckt!«

Nun war ich zu weit gegangen, die Frau erkannte mich und wußte Bescheid: verrückt!, und sie sackte auf ihren Stuhl, übergab alle Verantwortung dem Mann, der sich den Rest des Bieres verstört in den Mund schüttete, dann allerdings, während ich mich dreist auf die Tür zubewegte, anfing, die ersten Wortfetzen mir hinterherzurufen: »Ein einziges Wort, ein einziges Wort noch! ... Und ich raste aus! Sieh dir das an ... Goldie, die macht sich auch noch lustig über uns!« Dabei gewann er eine gefährliche Fassung zurück, und es konnte keinen Zweifel geben, daß er diese aus seiner körperlichen Überlegenheit bezog. »Nein, nein ... glauben Sie mir, ich lache nicht über Sie!« beschwichtigte ich: »Es ist einfach zu absurd, heute ist mein letzter Urlaubstag« ... und bei diesem albernen Wort mußte ich beinahe wieder lachen: »Es sollte mein schönster werden, verstehen Sie, verstehen Sie doch!« In diesem Moment glaubte ich, am Fenster etwas zu hören, bildete mir ein, Vermummtes huschen zu sehen, und als ich noch einmal hinausblickte, sprangen wirklich Gestalten auf die Seite, die sich unter dem Fenster geduckt haben mußten – und nun links und rechts verschwanden. Er rief: »Da! ... Ihre Kumpane, die durchgeknallten Naturidioten, perverses Pack, Menschenkadaver!« Mit aufflammendem Zorn rannte er an die Tür, schloß diese auf, stellte sich in den

Rahmen und brüllte: »Kommt her ... ich puste euch das Hirn aus!« Er war so blind vor Wut, daß er wiederum an mir vorbeiraste, aber vergessen hatte, die Tür abzuschließen. »Das sind doch harmlose Protestler!« entfuhr es mir. »Hast du das gehört ... Goldie, die will uns verarschen!« Mit hochrotem Kopf eilte er auf meinen Tisch zu, baute den bedrohlichen Körper vor mir auf: »Sie sind nicht nur völlig verrückt, Sie glauben auch noch, daß ich auf Ihre Lügen hereinfalle ... ist doch klar, daß Sie solche Zellentartungen schützen! Harmlos, harmlos ... so was gibts heut nicht mehr! Ich bin Jäger, Jäger bin ich ... und zwar mit dem Herz im Hubertus, diese Protestler, wie Sie es nennen, würde ich nicht mal mit ner Ladung Schrot jagen ... da herrscht Schonzeit für das Gewehr und den guten Jäger ... Jawohl! ... Sie, ja – Sie, waren doch dabei, als sie gestern meinen letzten Gast zu Tode gejagt haben! Mit einem stinkenden Tierkopf ... und mit Tierhauttrommeln ... äh ... haben sie ihn in den Wald gejagt! Mit Regenwürmern haben sie ihn gefüttert ...! Ekliges Pack! ... Ja – Tiere lieben und Menschen fressen, so sieht das aus! Nicht wahr, Goldie?! ... Meine Frau und ich sind für Versuche, Versuche aller Art gegen den Menschenschrott ... Der Mensch aus dem Tier, wenn ich das schon höre! Ja – fragen Sie meine Frau, Goldie ... stimmts? Wenn der Mensch aus dem Tier ... pfui, pfui ... dann gäbs keine Jäger, jedenfalls keine aus dem Hubertus ... dann wären nämlich alle Jäger Mörder ... So siehts aus! Wir haben ein feines Gefühl – lange vor den Wissenschaftlern, die erst jetzt drauf kommen, den lupenreinen, astreinen Menschen zu schaffen ... saubre Gene, dafür bin ich, ein für allemal ... stimmts Goldie?« Offensichtlich war mein Ausdruck allzu unbeteiligt, denn er versuchte nun, mit beiden Händen nach mir zu greifen, ließ es aber, als seine Frau: »Ede! ... Nicht schlagen ... Du weißt...!« rief, und um seine Empörung nicht doch an mir tätlich werden lassen zu müssen, zeigte er auf mich und rief: »Goldie ... was nun, die Person weiß von nichts ... war gestern als Wurm, als Hund oder als wahnsinnige Kuh hier! Was?« Nun packte er mich am Kragen und schimpfte mir ins Gesicht: »Was glaubt ihr wohl, warum so ein Pack, so ein Genschrott geduldet wird?« Dabei ließ er mich los, und ich fiel beinahe vom Stuhl: »Goldie ... soll ich es ihr sagen? Die weiß von nichts! Ihr seid doch nichts anderes als Spreu, Futtermittel zur Ablenkung für die ewig Rückständigen, die sich immer noch einreden lassen, der Mensch stammt vom Tier ab!« Mit einer widerlichen Fratze sprang er nun auf mich zu und kratzte sich äffisch: »Wozu hätten wir denn überhaupt einen Gott gebraucht, eine Bibel, eine Schöpfungsgeschichte?! ... Ja – das paßt euch nicht, aber damit ist Schluß ... ein für allemal! ... Die Erde untertan machen, das steht drin – und untertan heißt: mitsamt dem Gekreuch! Kapiert?« Ich hatte nun eher Mitempfinden für seine unglückselige Weltsicht, daß ich ihn am Arm fassen wollte, um dem Irrsinn ein Ende zu machen. Da brüllte er: »Fassen Sie mich nicht an!« Sprang wie elektrisiert ein Stück zurück, rief: »Siehst du Goldie ... die will mich auch noch betatschen!« Von ihr ein Kleinmütiges: »Laß es gut sein ... Ede ... mach Schluß!« »Halt die Klappe!« zischte er in ihre Richtung und beugte sich, um nichts weniger aufgebracht, zu mir herunter: »Ja – das ist es, hör Goldie ... tief Kotau machen ... vor Baum, Strauch, Fluß und Tier, ja-ja – jedem Schafsarsch und Karnickelloch in den Hintern kriechen, miauen, muhen und blöken – und nicht merken, daß man schon Tierscheiße im Darm hat! Pfui ... sag ich ... im Namen unserer

Wissenschaftler, ja – die bringen es an den Tag: Die Abstammung von vier Füßen – ist ein Irrweg! Astrologie! ... Da oben ...«, und endlich nahm er ein wenig Abstand, die Hände dahin, wo die gedrechselte Lampe hing: »Jawohl ... da oben wird endlich Ölwechsel im Menschen gemacht!«

Es war, als hätte seine Frau absprachegemäß den einzigen wichtigen Beitrag zu leisten: »Was stimmt, das stimmt ... Ede!« Sie kauerte ziemlich verdrossen in der Ecke, wagte leise: »Nein – Ede, kein Schnaps!« zu sagen, während er nichts sehend und hörend zielsicher auf die Theke zuging, eine Flasche holte, sich ein Wasserglas voll einschenkte und es in einem Zug leerte.

Meine Rat- und Trostlosigkeit war so lähmend, daß ich wünschte, vom Stuhl zu fallen und im Boden zu versinken. Dennoch wagte ich es, wieder einen Blick nach draußen. Eine schonungslose Dunkelheit brach durchs Fenster und in ihr, wie aufgebaut, die unheimlichen Gestalten, die schon keinen Schutz, kein Versteck mehr suchten, sondern in einem Halbkreis um die Fenster rumorten. Nachtmahre – dachte ich ergeben, und während ich merkte, daß Angst Hunger frißt, hörte ich ihn wieder aufgebracht: »Da ... da ... das Tiermenschenpack wartet schon! Ha ... die kenne ich alle, alle ... und bald sind sie hinter Schloß und Riegel, da nützt kein Bellen und Beißen mehr ... so oder so ... kriegt ihr alle eure Gendusche ...!« Mir war, als hörte ich mich wie im Traum ausrufen: »Um Himmels willen!«, denn ich ahnte, daß gleich die offene Tür zum Verhängnis würde – und nicht die geschlossene. Er war nun ganz, mitsamt seinem Wahn, in weite Ferne gerückt, die Frau verschwand leise, sacht im langen, langen Gang, und weiß und weich legte sich ein Bild zwischen uns: Ich sah mich eine weite

Arena betreten, der Jubel der Sonne über mir, und mit dem Donner berstender Nähe raste der Stier auf mich zu, die Hörner auf den Leib gerichtet – und ich stand vor ihm, ohne Regung und steif – mit nichts in der Hand als einer Blume.

In wohliger Ferne hörte ich ihn noch rufen: »Da ... da – die kenne ich, die ist immer dabei ... die mit dem dicken Bauch! Oben ein Rindskopf und unten genverseuchten Dreck im Leib!« Und während schon die Tür einbrach, noch einmal sein unsinnig erregter Ton: »Du trächtige Kuh ... das nächste Balg – nur mit Genpaß!« Ich rief noch einmal: »Hilfe...!«, dann war mir, als hörte ich sein Lachen, endlos ... bis ans Ende des Hörens. Mir war, als hätte ich mich noch an den Tresen geschleppt, spürte die kalte Messingplatte gegen die Rippen, fühlte in Zeitlupe, segelnd und atemlos langsam – ein Zusammenfallen, dann dem Boden, der Erde, der Tiefe entgegen – ein Krachen, das ich war; aus einem Schlag eine Sternschnuppe, samtschwarzes Loch, am Rande des Bewußtseins ... wilde Laute, die mich badeten, packten ... ein Orkan Menschen, Tiere, Stumme, Beißende ... eine Flut aus Armen, Beinen, Schuhen, Mäulern, Zähne ... und Fäuste, oder Klauen, oder Pranken, Hufe und Hufe ... es blitzte hell und grell, schreischwarz und sturzrot ... mein Kopf raste durch Höhe und Tiefe, krachende Stille ... ein Angriff entfesselter Tierstimmen, eine Fontäne aus Blut unter der Haut, aus der Haut, ein betäubendes Gefühl, schön und betäubend ... schön ... überall Zähne im Fleisch zu haben, Zähne, die beißen, reißen ... ah schön ... und jetzt Lippen, die reißen und beißen, mir Worte aus dem Leib: »Hilfe!«, und noch einmal: »Hilfe!« ... und ein letztes Mal mit hinsinkendem Bewußtsein: »Doralis, Doralis ... der Brief!!«

Dann verließ mich das Bewußtsein, der Schmerz, die Angst.

Aus weiter linder Ferne hörte ich Rufen und Winken, ein Regen aus Wasser, Tränen und Blut ging nieder, ich wurde aufgehoben in luftlose Höhen, blieb oben ... Schaum auf dem Schmerz ... hoch oben eine weiße Landschaft aus Wolken und Schnee, Atem und Federn ... schwebend in der Höhe – ein Lächeln, blutrot und entlöst, in dem ich verschwand.

Irgendwo noch, irgendwann ging eine Lawine nieder, stürzte ein Berg – noch einmal, als ich niederfiel ... fallengelassen wurde, ein Ort, mir war, der lange Anfang einer betäubenden Ohnmacht.

Wald. Wahn

Sehen Sie Doralis ... Doralis ... hören Sie mich? Sehen Sie, wie weit ich gereist bin, so weit, daß Sie es niemals erfahren werden ... wo ich war.

Mir ist ganz leicht, der Wald ist gut zu mir, kein Zeichen eines Willens trübt die Reglosigkeit, nur ein Wogen, ein Verschwinden – und Auftauchen trägt mich ... weiße, weiche Wolken liegen unter mir und über mir ein Taumel aus Dunst und Licht, und die Gedanken gehen dahin, wie Blüten auf einem Bach treiben.

Ach – ich denke, es ist gut, daß mein Körper gefesselt ist, denn schon das Zucken eines einzelnen Haares ist so schmerzhaft, daß ich... nein ... derartig heftige Gedanken bekommen mir schlecht! Dieser schwerelose Wechsel von Schläfrigkeit zu Betäubung ist mein Heilmittel, die Mattigkeit wiegt schwerer als ich selbst. Sie müssen mir glauben, es wäre mir zu anstrengend aufzustehen, gar jemanden um Hilfe zu bitten.

Ach – dieser Halbschlaf macht so schwach, daß ich mit dem kleinsten Geräusch, einem vorbeifliegenden Vogellaut, dem Schleifen einer Schnecke, einem auftrumpfenden Windstoß, einem Blattzittern, dem Rufen und Fliehen eines Tieres, selbst mit dem Krabbeln der Käfer und Maden ein müdes Mitleid empfinde, dafür, daß sie sich so anstrengen müssen. Ich liege, nur bedeckt von meiner Haut, und wärme den Boden.

Aber Himmel: Wie ist die Dunkelheit brütend, ein Sarg kann nicht grausamer und erstickender sein! Ab und zu gleitet Ihr ungläubiges Lächeln vorüber, und mir ist, als halte ich mich am Bewußtsein nur fest, nur um Ihnen von meiner Reise zu erzählen. Jetzt kippen die Gedanken wieder aus der Bahn, ich ziehe an mir vorüber in seliger Trance, nichts geht mich mehr an, ein Rauschen des Windes fegt mich wieder hoch, Flammenzungen öffnen sich und nehmen mich und alle Geräusche, alle Töne, alles Rascheln und Regen auf, es ist, als würde der Wald die Türen hinter sich zuschlagen, kein Laut, der sich nicht duckt – und erstirbt. Das weiße Gleiten lindert meine Wunden, für die ich nun eine Erklärung habe, aber ... ach – wie schööön ... keine Rettung. Ein bißchen Spucke habe ich noch, aber selbst diese Anstrengung ermüdet mich.

Ach – Schlucken ohne Essen, wenn man einen solchen Hunger hat, ist wenig anregend. Sie hören – es ist noch ein Hauch Schadenfreude in mir, aber ich darf nicht lächeln ... es zerschneidet mir das Gesicht. Hilfe!

In der Glut der Stille leuchtet wieder der Satz, dessen Erklärung mir so wichtig war ... ach – nun ... hat er sich erfüllt; Sie brauchen also nicht mehr nachzulesen.

Nun kommt wieder eine Wehe des Waldes und des Windes, Wolken, Tiere ziehen vorbei, eine Luft, weich und überaus sanftmütig, bettet mich und wiegt mich ... ach – ein Heilbad für meine vielen Wunden, und ich sage kurz ade ... ade ... mir ist so leicht, so leicht – und die Gedanken gehen dahin – wie Blüten auf einem Bach treiben. Vom Rande des Wachens wecken Geräusche, ein

Stimmengewimmel ... und Autos, Gebrülle, Gezänk ... ein dumpfer Singsang hohl und enthoben, ein nahendes Echo. ... Nein – ich will schlafen. Was Menschen für einen Krach machen, wo sie auftauchen ... bloß weghören, nur das Tuscheln der Gräser und Sträucher, ein leichtes Knacken der Bäume beim Wachsen, ein Huschen, Kriechen und Laubzittern ... eine kaum spürbare und doch heimliche Bewegung des Erdbodens erzeugt wiegenden Schwindel, ein ununterbrochenes schläfriges Zirpen weckt und besänftigt die Dunkelheit.

Ich wußte nicht, daß die Finsternis, die Nacht, der Wald nicht eine Sekunde wirkliche Stille haben, die Nacht selbst ist ein weiches Tier, dessen Nüstern hinter den Bäumen hervorbrechen, und ich spüre, wie die Borke an den Stämmen aufplatzt, sie sich von den Schmarotzern befreien, die herausbrechen und unter meinen Körper fliehen ... und in Lichtschneisen die Schlafenden durch die Baumreihen wandern ... nachtfurchtsam wispern sie miteinander, während ihre Körper in den Betten liegen – schwer und leer.

Ach – und endlich sinkt ein Netz aus Sternen auf mich nieder – und mir ist, als könnte ich den Ort sehen, wo ich bald sein werde. Ade ... ade ... Es ist schön, so dazuliegen, im Taumel leichter Gedanken, was hätte ich alles zu erzählen gehabt. Ach – da kommen sie wieder ... Möhrchen, Möhrchen ... ruft es, Hunde bellen, oder Menschen streiten, raufen ... und Autos vor und zurück, vor und zurück ... von allen Seiten wird Feuer gelegt ... das Kind mit dem Ballon, über mir, ein beißendes Blau: Tierkopf! Tierkopf! ruft es auf mich herunter ... Gehen Sie nicht zu tief in den Wald ... winkt eine Hand, dann fällt eine dichte Wand aus schwarzem Haar, oder ist es die Nacht?

Eine Woge von Lärm wälzt sich auf mich zu ... sie werden mich suchen, sie wollen mich retten ... Himmel – was für ein Aufwand!

Ich liege und zittre vor Furcht, angefaßt und gewaltsam der Stille entrissen zu werden. Nein ... ich wußte nicht, wie die Grenze zwischen Leben und Vergehen ist, auch das hätte ich Ihnen gern erzählt, glauben Sie mir, selbst das leiseste Flüstern verdorrter Sträucher ist erregender, als sich zu bewegen.

Und nun – rückt sie vor, eine Brandung aus aufgeregten Stimmen, ein Knäuel, ein Getümmel von Rufen, Singen, Zanken, zwischendurch hell und kurz eine Flöte, ein schriller Pfeifton, eine Herztrommel, Hunde reißen und beißen und bellen, Autos dröhnen auf – und raus ... zerfurchen die Erde, rücken vor, verwüsten die Stille, alles flieht, alles Getier flieht dahin, sucht Rettung – wie ich.

Nein – laßt mich ... da bin ich schon umzingelt, lautes Atmen kreist mich ein, trennt mich vom Wald, eine tiefsitzende Stimme: »Wurm zu Wurm« ... eine düstere Leier, dann schlagen sie gräßlich falsche Takte auf ein Blechgeschirr, und eifrig verbinden sich Stimmen zu einem drohenden Chor: »Wurm zu Wurm ... ich klage mein Geschlecht an, das weiß und aufrecht tötet im Wahn – den Wurm, tötet die Erde des Wurmes ... das Gleichgewicht ist hin ... es lebe der Wurm, der ich bin« ... An meinem Ohr schlägt jemand zwei Deckel aufeinander, Blech auf Blech, verschreckt mich aus dämmernden Fernen, wieder nur ihr Atmen, hektisch und in Stößen, einige schneuzen sich, fällt nicht etwas auf mich? Die lodernde Wachheit sagt mir, daß sie mich mit einer grellen Lampe anstrahlen, das Licht dringt durch die Poren, zerlöchert den Mantel der Haut. Bin ich ihr Altar? Wollen sie mich besingen ... bis ...

Ach – und nun entfährt mir ein kläglicher Schrei, ein dünner Wimmerton, denn stellen Sie sich vor: Ein paar menschliche Stimmen reichen aus, daß ich leben will, mit ihnen gehen will. Es sind die Ohren, die überlebensgierig sind, jedem Ton, jedem Atem, jedem Fetzen Geräusch jagen sie hinterher, zwingen mich, mit den Beinen zu zucken, zu denken, zu flehen: Seht, seht doch ... ich lebe, nehmt mich mit! ... Ein dichtes Murmeln umrandet mich, ein Gebet fast, etwas, was eben zu Boden gefallen ist, macht die Runde, wird weitergegeben, ein spitzer Schrei: »Igitt!« ... Das Murmeln rückt dichter auf mich zu, schließt mich ein, würgt mich, ich spüre, wie ich den gewaltigen Tierkopf ein wenig anheben kann, ein wenig, aber mit einem wimmernden Laut sinke ich zurück. Ihr Atmen ist ganz nah, ich rieche sie, jetzt! ... werden sie mich sehen, jetzt ... werden sie mich hochheben ... vorsichtig! vorsichtig! ... schreit es in mir, aber da fühle ich etwas Warmes, das sich auf mich legt und von der Mitte des Bauches aus sich langsam breiig, langsam, langsam ausdehnt, mir an den Hals kriecht, es riecht nach Erdboden und Pflanzen und Steinen. Ah ... sie werden mir heiße Tücher aufgelegt haben, nein – kein Ekel, keine Panik ... im Schüttelfrost zucken Füße und Beine. Bekam ich nicht eben einen Schlag? Trat nicht eben ein Fuß gegen meinen?

»Eh ... laß das!« zischt es kurz, und mich trifft ein gezielter Hieb gegen das Zucken meines Fußes, jemand spuckt auf mich, beugt sich zu mir herab, beginnt mit einem tiefen Atemholen: »Herz vom Tier ... ich schenk es dir ... deiner Hände Gier tötet das Tier ... die Lunge hier – ich geb sie dir ... es lebe das Tier, das Herz« ... eine kurz geübte Pause, etwas Schweres wird auf mich abgelegt, etwas

Leichtes und Tropfendes, etwas Quellendes, das übel stinkt: »Ich legs zu deinem Schmerz ...« Und nun vereinigen sie sich zu einem Chor: »Gemordet in Gier – Bruder Stier und Schwester Gans« ... leises Trommeln auf Blech, die Stimmen dunkel und geeint: »Abgeschlachtet und vergiftet die süße Milch der Kuh« ... etwas fließt über mich, es riecht sauer: »Nimm hin in Ruh ... die Kuh ... Kuh ... zu Kuh – ich klage mein Geschlecht an, das weiß und aufrecht tötet im Wahn, es lebe die Kuh, dessen Euter ich bin, ich muß dir geben mein Leben...«

Plötzliche Stille, jemand schlägt auf einen Topf, eine kindlich aufgebrachte Stimme: »Immer die Kuh! ... und der Frosch?« ...

Jemand stößt die Schreierin weg, sie fällt dicht neben mich, der Topf scheppert in mein Ohr, die Person rennt über meinen Kopf hinaus, die Ohren hinterher, leises Fluchen, eine neue Stimme: »Los, los ... alle, alle! ... Frosch zu Frosch!« »Eh! ... Komm zurück! Frosch zu Frosch, es lebe der Frosch, der ich bin, laubgrün, braun, dick oder dünn ... ich muß dir geben mein Leben ... nimm es hin, Frosch, der ich bin!«

Ein Angststoß öffnet weit die Arme ... das Hören segelt und taumelt, ab und zu noch ein Wort, das Monotone des Gesangs läuft auseinander, ich fühle, höre, wie Topf, Deckel und Stock auf mich abgeworfen werden ...

Ah – sie beerdigen mich, von weit hinten aus der Tiefe des Waldes: »Hund zu Hund ...« Und ah ... diese Stimme kenne ich, sie dringt in mich, ein dumpfer Trommelschlag, der einem das Herz ausreißt: »Die letzten Zeugen der Tierheit!« ... Trillerpfeifen, überall Trillerpfeifen, Schläge und Stöcke, Schreien und Autos, Türen von Autos ... auf und zu ... es knallt, ein Teppich aus Motorenbrummen überzieht den Wald und mich, die Stille ... reißt mir die Haut vom Körper weg.

Endlich ein Sturz in die Schlucht vorbeigleitender Stimmen, hinein in die kalte Wut, die Heimtücke des Waldes, der nur darauf gewartet hat, sich an mir zu rächen mit seinem rußschwarzen Dunkel. Nein – er bringt keine Linderung, seine Verkommenheit bricht in mich ein, das Flüstern, Rauschen und das Wehe der Bäume ist voller Schrecken, Kämpfen und Gekreisch. Entfesselte Windstöße brechen aus der Kahlheit kranker Bäume, mit einem gefährlichen Halbkreis umzingeln mich Tiere, Tiere, die aus ihrer Friedlichkeit ausgebrochen sind und nur darauf warten, mir mit einem spitzen Biß ihre Seuche zu übertragen. Selbst der Waldboden stinkt in mich hinein, versucht mich zu zersetzen ... ah ... mich zu dem zu machen, was er ist: eine unheimliche Schichtung aus Gift und Müll, die meinen Kadaver braucht, um Fäulnis und Verwesung zu werden ... Ah ... und endlich ein Schwall Verwünschungen, ein Amoklauf der Pupillen, langsam deckt die Last schwerer Stille mich zu, entreißt mich den Fängen des Waldes, von weit, ganz weit naht ein sirrender Klang, ah ... was für ein Pomp, welch Zirbeln, Klingen und Schwingen für mein einsames klägliches Sterben ... ade ... ruft es ... ade ... Möhrchen ... ade ...

Eingängiger Dialog

Cassette 1

Liebste Doralis, ich kann nur hoffen, daß dieses Gerät funktioniert. Ich hatte noch keine Gelegenheit, es auszuprobieren.

Himmel! Ich bin mit Ihnen, dem Gerät, meinem Flüstern unter der Bettdecke. Verzeihen Sie die Intimität! Das, was so zischt, ist kein neuer Sprachfehler, kein Anzeichen einer Aphasie, nein, nein ... das ist die Riesenlücke, in der vorher noch drei Zähne standen, auch das Nuscheln, ach ... bitte bleiben Sie dran ... das Knödeln und Verdruckste ist nicht bloß der Bettdecke zuzuschreiben, das waren Fäuste, Tritte, Bisse – und noch ein wenig mehr, geblieben ist eine aufdringliche Schwellung, die mich vom Ohr, übers Kinn, bis zum nächsten Ohr hin statt eines Gesichts eingeschlossen hält! Unvorstellbar: Gestern habe ich zum ersten Mal in die Reste meines Gesichtes gesehen: ein Homunculus von Frankenstein, mir ist, als hätte er noch die Operationsbestecke in mir gelassen!

Aber es geht mir gut, glauben Sie mir, ich brauche nichts als Ihr Ohr, Ihre Adresse, mein Wissen um Sie, daß ich – nun anders als vorher – den Fakten, den Tatsachen folge, sie augenblicks fest packe – und notiere, festhalte, egal wie,

wie auch immer, denn eines müssen Sie mir glauben, ach – glauben Sie mir ... ich bin nicht nur zusammengeschlagen worden, immer noch ohne Paß, ja – eigentlich handelt es sich jetzt schon um eine Paßverweigerung ... aber der Merkwürdigkeiten nicht genug, wo bin ich gelandet? In dem Krankenhaus, nein ... denken Sie nicht, hören Sie ... in dem alle Gerüchte aufeinander zu rasen, in dem Krankenhaus ... meinem Beinahetod sei Dank ... in das ich nie und nimmer ohne die polizeiliche Einlieferung und ohne den Zwang zur Notbehandlung – hineingekommen wäre!

Das weiß ich erst heute, es ist ein schauriger Zufall ... nein, glauben Sie einfach, daß ich mit der sogenannten grünen Minna hier praktisch abgeworfen worden bin, als ein Bündel mit Resten von Leben, das wieder seit einer Zeit, die mir entschwunden ist, aufgepäppelt wird – um ... um ... die Krankheit des Krankenhauses herauszufinden! Nein ... nein ... nicht abschalten!

Warten Sie, warten Sie ... ich muß einen Schluck Wasser trinken, hier drunter ist es heiß, und ich bin voll ängstlicher Hetze, aber mein Mund ist nicht nur zahnlos, trocken, blutig und angeschwollen, er ist auch taub und dörr bis zum Zäpfchen hin durch die Beruhigungstabletten, die ich erst jetzt verweigern kann – und die mich dösig und dumpf machen! Himmel ... hoffentlich kommt meine angebliche Mitkranke nicht gleich wieder ... zum Baden wurde sie geholt! Sicherlich eine Zeitfalle, alles wird Bruchstück, alles, was mich umgibt ... ich bin nun schon zum dritten Mal verlegt worden, es wird immer abgeriegelter, immer entfernter lagert man mich um, die Krankenschwestern werden dreister und unfachlicher, die Böden glatter und schmieriger, die Gänge lang und länger, die Helligkeit immer künstlicher und neongespenstischer, die

Einsamkeit und Verlassenheit kälter, das, was mich noch an Krankenhaus erinnert, sind die strengen Rituale der Mahlzeiten, die Kontrolle, die Fieberthermometer, die kleinen silbernen Tabletts mit farbigen Tabletten, die nicht nur die Schmerzen stillegen, sondern auch das Denken!

Als Wanderung und Ausflug habe ich nichts als eine Behindertentoilette, für die ich mir die Schlüssel erbitten muß! Kein Telefon, kein Geld, keine Kleidung, keinen Bademantel, gehe ich nach draußen, muß ich mir das Handtuch umhängen, gottlob, es verdeckt meinen Körper inzwischen fast gänzlich, eine zähe Dürre ist das Resultat meiner kleinen unheimlichen Reise, eine Reise, an deren Ende – nein, Sie werdens nicht glauben – eine ganz und gar wildentschlossene und freiwillige Detektivin erwacht!

O ... nein, ich hatte mich nicht geirrt, die unglaublichen Zufälle hingen nur derartig verwirrend aneinander, daß ich nicht in der Lage war, einen Ausgangspunkt, einen Grund, ein Verknüpfungszentrum auszumachen ... hier aber scheint alles auf wie in einem verkleinerten Kosmos, ja – einem Reagenzglas, in dem die Ereignisse auf eine Formel gebracht – aufleuchten, ja – glauben Sie mir, die Zufälle waren die Spitze des Eisbergs ... und nun liege ich davor ... ja – ja – wahrhaftig, ich weiß es! Sie müssen mir beistehen ... ich habe eine Witterung, nein ... von der kann mich niemand abbringen – und wenn ich die restlichen Zähne, Rippen und Haare verlöre ...

Ich weiß es, ich fühle es, ich bin ins Zentrum der labyrinthischen Verästelungen gedrungen, und alle ahnen etwas. Niemand weiß vom anderen, was wir wissen, die Schwestern ahnen, daß ich weiß, ich ahne, daß sie von mir wissen, alle wissen voneinander, ohne zu wissen, was sie wissen ... das macht mich gefährlich ... und auch frei!

Die Person sitzt doch in der Badewanne, und die tükkische, hinterrücks beobachtende Schwester hält den Schwamm ... ach – wenn sie wüßten, wie ich sie hintergehe!

Tagelang hat sie mich nur unauffällig erlebt, mit der Last meines Körpers beschäftigt, die zugeschwollenen Augen harmlos auf das betörende Gelb der Wände gerichtet ...

Wissen Sie, was das Kurioseste ist: Die halten mich für eine besonders mutige, heimliche und seltene Journalistin, davon bin ich überzeugt, ich bin in ihren törichten Augen so etwas wie ein Hemingway, der sich auf Kampfplätzen tummelt ... ach – welch erhebender Gedanke!

Und es ist doch geradezu lachhaft, daß ich, die nie wieder schreiben wollte, nun in einen Strudel wahnwitzigster Realität gerissen werde, in einen Kreisel absurder Gefährlichkeiten, ja ... die wie erfunden, erdacht, erdichtet, fantasiert sein könnten – für jemanden, der schreibt, der auf der Jagd nach Fiktion oder anderer Menschen Leben ist! Ja – solche Erlebnisdelikatessen werden mir einfach vor die Füße geworfen, und ich – eine Kostverächterin, die auf der Suche nach einer imaginären Verbindung zu sich selbst war, wäre noch um ein Haar in eine Falle gelaufen, die beinahe – zu komisch – mein Grab geworden wäre!

Begreifen Sie nun – daß ich Sie brauche, ich brauche Sie, ach – wie ich Sie brauche! Ich brauche Ihr Ohr, Ihr Zuhören, einfach Ihre Adresse, um Ihnen auf der Stelle, ohne Verzug, ohne Anreicherung, ohne fantastische Zugabe, ja – ohne jedes Quellmittel ... die Fakten, die schlichten Fakten mitteilen zu können, um zu gesunden. Was aber wichtiger ist, um nicht denken zu müssen, daß ich ... ich mags nicht aussprechen ... nein, nein, verrückt, verrückt – geworden bin! Nein, nicht wahr, wir beide wissen, daß wir eine süchtige Vorliebe für den ganz und gar abstrusen Abraum des Lebens haben, Sie ... ja – das gestehe ich, mehr als Mathematikerin der Psyche, ach ... und ich eine – mit einer logischen Intuition. Reicht das?! Sagen Sie ja! Sagen Sie ja! Nein – ich bin nicht verrückt!!

Still ... da rascheln wieder Gespräche und Latschen den Flur entlang, die automatischen Türen klingen, als würde etwas verschluckt – und niemals mehr auftauchen. Gottlob ... sie liegt noch in der Wanne! Komisch, die Stille in einem Krankenhaus riecht immer nach Tod, und die Freundlichkeit ist nichts als die Erleichterung, daß nicht alles stirbt. Es scheint ein richtiges Bad zu sein, sonst wäre sie schon hier! Die Person nennt sich Keucher, wie kann man sich einen solchen Namen geben, denn daß dies nicht ihr wirklicher Name ist, davon bin ich überzeugt. Selbst nach der zweiten Umlegung wurde sie mir wieder zur Seite gelegt, eine schrecklich laute Schweigerin, die mit boshaft zugekniffenen Augen alles an mir beobachtet, aber wozu??? Das Neueste: Sie ist nicht krank. Ja, sie stöhnt und klagt auftragsgemäß! Einige Male schon ist mir aufgefallen, daß sie über den eingebundenen Arm jammert, aber der Schwester den falschen entgegenhält! O ... sie hat ihren Fehler bemerkt und schnell, beflissen nachholend, die Hand auf den dicken Verband gelegt – und noch einmal falsch gewinselt.

Selbst die schwere Bauchwunde, angeblich das Resultat einer großen Operation, die täglich neu verbunden wird, verrät groteske Eigenheiten, die Schwester steht abdeckend und schützend vor ihr, eine eingeschworene Geburt der Lüge, eine abgesprochene Tücke, ihr erhöhtes Wimmern ist derartig miserabel, daß die Schwester sich gezwungen sieht, die Klagen noch mitzuspielen. Bei allen Wunden: welch ein Aufwand!

Einmal muß ich Ihren Namen aussprechen, daß ich weiß, ich bin nicht verrückt ... DORALIS ... DORALIS ... ich bin geschlagen, aber stark, ach – Doralis, wenn ich Sie auch nur ein wenig gut in Erinnerung habe, weiß ich, daß Sie wißbegierig sind, weiß ich ... es stimmt doch? nicht wahr? ... daß Sie längst im Besitz meines Briefes sind, daß Sie – ich wette – sogar gegen die Bank eine einstweilige Verfügung ausgesprochen hätten, um an die Nachricht heranzukommen!

Natürlich sind Sie längst und zutiefst eingeweiht, haben alles begriffen – und wollen endlich einschreiten, aber nun muß ich es schon wieder verbieten! Ja – ich bitte Sie, mischen Sie sich jetzt nicht ein, ich flehe Sie an, ich brauche nur noch einige Tage, und ich werde nicht festgehalten, sondern ich bemühe mich mit Simulation, Absencen, flüchtigen Ohnmachten und Schmerzen – hier zu bleiben. Das ist ja auch, was verdächtig macht: Wer will schon gern im Krankenhaus verweilen!

Ganz schnell noch das Wichtigste, alles läuft hier auf etwas zu, auf ein Ereignis hinaus, dieses, nur dieses ist es, das durch falsche Strahlungen von sich ablenken wollte und mußte, es, dieses Ereignis, ist wiederum so groß, so unheimlich und unerhört, daß es eine Zäsur in der Geschichte setzen wird, aber da – und dem bin ich verfallen – unzählige Sensationen und Unglaublichkeiten nebeneinander liegen, werden wir es nicht bemerken, vielleicht ist es nur noch ein neuronales Gewitter auf einem Bildschirm, vor dem jemand sitzt, vielleicht viele, vielleicht alle – und niemand. Sie müssen mir glauben, wenigstens Sie, denn Sie kennen mich! Und weil ich weiß, wie präzise Sie sein können und müssen – eine Paragraphenbergsteigerin nannte ich Sie einmal, nicht wahr? ... lachen Sie, bitte! ... nehme ich Ihnen auch gleich den falschen Wind aus den Segeln: Das Aufnahmegerät, schlecht genug, habe ich meiner beängstigenden Verbeultheit zu verdanken, eine echte Journalistin ließ es sich auf Pump abkaufen, als sie entlassen wurde.

(Eben packte mich der Gedanke, daß mein Cassiber nicht aufgenommen hat! Aber das Ding geht, der Technik, selbst der überholten, sei Dank!) Ich habe eine liebenswürdige Alte gefunden, die so vom Mitleid zerfleischt war, als sie mich sah, die übermorgen die Cassetten mitnehmen – und sofort aufgeben wird!

(Ich fingierte eine herzzerreißende Liebesgeschichte, das zieht immer!)

Jetzt ist mir schlecht, und ich ersticke ... nur eines noch: Dieses Krankenhaus ist kein übliches, kein normales – es geht direkt und in einer geheimen Verbindung, da bin ich mir sicher – in eine Art Militärgelände über, Genaues weiß ich noch nicht, habe noch nicht die Gänge, die Verbindungen finden können, der Schwindel ist noch zu groß. Ich muß enden, bitte, sammeln Sie für mich diese Aufzeichnungen, mehr verlange ich erst einmal nicht!

Cassette 2

Doralis, es ist ebenso wichtig wie komisch! Ich muß es mitteilen, weil es beweist, daß ich unter Drogen gesetzt worden bin.

Hoffentlich hören Sie mich. Ich hocke in meiner Lieblingsecke, auf einem der herausklappbaren Sitze unter der

Dusche, die ständig tropft und vor der ich mein kostbares Verbindungsstück zu Ihnen retten muß! Verstehen Sie mich?! Tage, Tage ... habe ich nur geschlafen, ein künstlicher Tiefschlaf, auf den ich erneut hereingefallen war, nachdem ich so listig die Tabletten austauschen konnte – und den Schlaf an meine Bettnachbarin delegierte, die mir – lang und schnarchend – bewies, daß dieses Halbkoma mir zugedacht war! Während sie vorher gesund und munter dalag, mich ungestört belauern konnte – und schadlos ihre Placebos einnahm!

Die Dreistheit, mit der sie inzwischen gegen mich eingesetzt wird, nimmt rasant zu, und ich ahne, ich ahne, daß das Ereignis nahe liegt ... daß ich aber vorher abgeschoben werden soll! Niemals!! Inzwischen sehe ich, daß es einen Abkürzungsweg in die andere Abteilung des Komplexes gibt. Reger, zunehmend reger Betrieb auf schmalen Wegen, umzäunt von überwuchertem Stacheldraht. Kisten und Kasten werden in Schüben geschleppt, Gläser, Geschirr, Vasen und Gestühl. Die Stimmung der leise redenden Schwestern ist prunkvoll erwartend, es muß etwas von oben kommen! Also ... Ah ... und heute endlich wurden eingerollte Fahnen, Girlanden, Schleifen und Samt mit festlicher Stimmung vorbeigetragen ... Ich weiß es, alles geht dem Höhepunkt zu. Ist es nicht widerlich, wie sich Menschen auf der Stelle verwandeln, kommen sie mit Fahnen in Berührung! Ich erkenne die Schwestern nicht wieder, es sind folgsame Ungeheuer!

Bald, bald geschieht es! Nur durchhalten ... Vor einigen Tagen wurden auch die letzten geduldeten Protestler vor die Tür gesetzt, nein ... mir nicht! Die Nachtschwester, die aus Furcht vor meiner Scheußlichkeit eine Vertraute geworden ist, hat herausbekommen, daß ich nur auf der Station geduldet wurde, weil meine Verletzungen derartig waren, daß die Polizei darauf bestand, daß ich sofort behandelt werde.

Morgen, ja – morgen weiß sie mehr – und auch ich! ... Jedenfalls – der Ruch einer Gegenseite haftet mir an, welcher?

Merken Sie: Ich stehe mitten an einem Zerreißpunkt. Die Grausamen, die Tierfanatiker, haben einen Grund, der bruchstückhaft aufschien, bevor ich ... nein ... daran mag ich noch nicht denken! Verdammt ... nun klopft und rüttelt eine Schwester. An der Art, wie sie sich im Recht fühlt ... und gleich wieder die Klinke drückt ... ah ... und jetzt noch einmal ... und die zähe Stille dabei, kein Wort, keine Frage, kein Ruf ... verrät ganz eindeutig Schwester Gerda, die vor lauter Devotheit kaum mehr die Zeit findet, fachlich tätig zu werden.

Bloß nichts sagen ... und Wasser laufen lassen, zur Sicherheit die Spülung betätigen.

Hau ab! ... Heute, ja – heute endlich wird die entzükkende Nachtschwester für mich nachsehen, was in meiner Kartei steht, sie ist es auch, die mir verraten hat, daß der ganze Trakt, der nach einem Gefälle in das Untergeschoß als Panzerglaskomplex wieder auftaucht, nur für besondere Ereignisse öffentlich wird – und, hören Sie – in dem fast nur Wissenschafter arbeiten, die, wie sie errötend sagte, dem Krankenhaus den Ruf verschafft hätten. Ach – herzig, es kam auch gleich heraus, daß der Flor der Anfängerinnen die krasse Unterbezahlung beinahe vergißt, in der Hoffnung, aus diesem erlesenen Teil einen lebenslänglichen Unterhaltsausgleich zu finden ...

Schon wieder dieses Rütteln ... und nun auch gleich noch ein Tritt mit dem Schuh ... na – warte nur, ich bin krank und verrichte meine Geschäfte langsam! ... Ein bißchen Wasser von hier, ein bißchen Wasser von da ... und draußen Stille ...

Auffallend bei allen niederen Angestellten ist eine fast sektenhafte Unterwürfigkeit, die am krassesten in Erscheinung tritt, je mehr eine Person Geheimnisträger ist.

Ich weiß es, bitte vertrauen Sie mir ... Und nur um Schwester Gerda noch ein wenig zu quälen, erzähle ich schnell und leise ... da! – jetzt kommt sie wieder, nun ist auch der Schuhschlag im Flur unmißverständlich ...

O ... wir beide wissen nun voneinander, sie steht, und ich sitze ... nur sie hat einen Absatz mit Gummi und einen mit Leder, ein Mißlaut, der lange vorher ihren Namen verrät ...

Ha ... jetzt ... gleich dreimal, die Klinke rast hoch und runter ... still ... kein Ton ... wieder Wasser mal hier, mal da ... düpierter Abgang – hohles Echo ... und gleich, gleich, ich kann drauf warten ... wird sie jemanden angrobsen ... da! ... rüdes Zischen ohne Antwort ... verschnellerter Gang ... und die Glastür mit dem Geräusch der eisernen Lunge ... still ... endlich ... Nur Sie und ich ... Wichtig: Die Tabletten, die sie an mir ausprobiert haben, habe ich teilweise verstecken können.

Eine durchschlagende Wirkung ging von ihnen aus, die ich, Sie müssen mir glauben, hier im Ansatz bei einem Teil des Personals wiederfinde.

Nein, nein ... es sind keine der üblichen Sedierer, es überwältigt einen geradezu eine Mitmensch- und Dingliebe, die den Körper auszehrt! Die Farben treten wie aus Weichmachern hervor, alles fließt, lächelt verständnisinnig, die Bewegungen bekommen etwas Tänzerisches, und ich selbst glaubte – zu schweben mit holdestem Liebreiz im Herzen, daß man meint, auf den Herzschlag verzichten zu können! Ich ging einher und zelebrierte meine knochenlose Liebe, bückte mich nach imaginär herabgefallenen Gegenständen, grüßte selig die feindlichen Wände, und eine Ordnungsliebe griff nach mir, daß ich das Toilettenpapier abrollte und fein säuberlich aufeinanderstapelte, ach ... glauben Sie mir, ich fühlte wirklich, wie ich allmählich und mit dem größten Zwang zur Seelsorgerin der Dinge, der Umgebung wurde, ein peinigendes Gefühl, wie ich durch die Gänge wandelte, um nach dem Rechten zu schauen! Ich spürte die Schmerzen, die dem Geschirr zugefügt wurden, das Quietschen eines Versorgungswagens löste Weinen aus, und öffnete sich eine Tür, warf ich Handküsse hinein!

Stellen Sie sich das vor! ...

Später bedrängte mich ein Zwang zur Geschwätzigkeit, die mich beinahe Kopf und Kragen gekostet hätte, wenn nicht ... die Droge plötzlich eine solche Wendung gezeitigt hätte, daß sie mir ein Gegenmittel verabreichten ...

Eine Schwester, die im Gang stehend das schmutzige Geschirr auf dem Wagen verteilte, zog mich magisch an, weil sie die Bestecke gewaltsam in einen hohen Topf warf.

Ich krümmte mich vor Schmerzen, als sie die kleinen Löffel an der zartesten Stelle packte, sie würgte und mit vielen anderen zusammen achtlos und abfällig, ja – gewaltsam im Topf verschwinden ließ. Ich stand starr und mußte hören, wie die kleinen Löffel schrien und sich vor der Dunkelheit auf dem Grund des Topfes fürchteten! Mit einem Schrei sprang ich die Schwester an und rettete die Löffel in mein Zimmer, hielt sie ans Licht des Fensters!!

Die Liebe ging mir so durch und durch, daß ich – wäre die Wirkung der Droge nicht unterbrochen worden – an aufgequollenem Herzen und Sinnen gestorben wäre! Glauben

Sie mir, ein grauenhaftes Gefühl! Aber ... um am nächsten Tag festzustellen, daß ich wirklich wieder die geworden, die ich vorher war, schmuggelte ich eines dieser Dinger meiner Nachbarin unter. Sie können sich nicht vorstellen, welch schöne und entspannte Stunden mir zuteil wurden; pausenlos schüttelte sie mir mein Bett auf, fütterte mich wie ihren Säugling und unterhielt sich mit den Krümeln, die sie mir vom Laken geräumt hatte. Aber jedes Wort ritzt sich in die Haut, es bleibt wie eine Tätowierung stehen, deshalb erinnere ich grausam deutlich, daß an meinem Bett gesagt wurde: »Interessant, jedenfalls war das zuviel!«

Nur eine Unerhörtheit noch, die ich Ihnen – liebste Doralis – nur mitteile, damit Sie sehen, wie sich die Netze verengen und eingeholt werden: Dr. Lebowitz wurde mir schon als Name und Person angedroht. Ich habe mir nichts anmerken lassen ... teuflisch das Ganze! ... jedenfalls scheint er eine Gralsfigur zu sein, die über unliebsame Einblicke und Übergriffe wacht. Komisch ... ich werde nicht mehr vermißt! Sie lassen uns ungestört reden? Eine neue Tücke? ... Eine Strategie, mich in die Irre zu führen?

Leben Sie wohl ... bis bald ...

Cassette 3

Hoffentlich, hoffentlich vergesse ich kein Wort, ich stehe hier wie eine, die etwas aus sich herauszuschütten hat ... verdammt, das Gerät ... hören Sie mich ... hören Sie ... Ich ging, nachdem ich beinahe unbemerkt wegbleiben konnte, zurück in mein Zimmer, legte mich ins Bett, genoß die triste Langeweile und die etwas gereizte Stimmung von Frau Keucher, wollte nach meinem kleinen Block greifen, den ich mir eingerichtet hatte ... ah ... Sie ahnen, nur um einen Köder auszulegen ... aber – der war weg mitsamt Stift und Klarsichthülle ... Ich begann wie eine Besessene zu suchen, überhaupt keine Reaktion von dieser Person, bis ich sie unaushaltbar nervös gemacht hatte, dann: »Sie können aufhören, das Zeugs ist weg!« »Wieso das?« fragte ich, als könnte ich kein Wässerchen trüben. Da entwischte ihr: »Das wird hier nicht gern gesehen«, und um eine Beiläufigkeit bemüht: »Sie sollen sich ausruhen, dafür sind Sie schließlich hier!« Das allein ist schon eine Frechheit! Ganz sicher wird die notierte Banalität meinem Paß zur Seite gelegt! Wenn die wüßten ... Es kommt noch toller. Kurze Zeit darauf werde ich Zeugin eines Dialogs, der nun nichts, aber auch gar nichts an Wahn vermissen läßt!

Ich schwöre bei allem, was mir heilig ist, ich gebe die Sätze wirklichkeitsgetreu wieder.

Eine intime Runde der Schwestern, die sich gern vor einer prächtigen Palme trifft: »Also – du ... so was Putziges habt ihr noch nicht gesehen. Einfach zum Knuddeln, zum Kuscheln und Liebhaben!« ... »Tickst wohl nicht richtig ... das Biest beißt in jede Hand, die es erwischen kann ... und scheißt auch noch rein! Du – immer mit deiner Mutterbrust, die Welt ... ein Teddybär!« ... »Vielleicht sagt mir mal eine, worum es hier geht!« ... »Ein Äffchen, ein Äffchen ... winzig klein mit kugelrunden Augen, entzückend ... ich bleib dabei! Zum Knuddeln und Liebhaben!« ... »Nein ... echt? Ich wollt schon immer einen kleinen Affen haben, ich weiß nicht, da hüpft mein Herz ... ich sags euch, Tierpark heißt für mich immer: nur ran an die Affen, da kriegt mich kein Mensch weg ... stundenlang ... die Ähnlichkeit ... »Ja-ja ... vielleicht mit dir, was Richtiges hast du ja auch noch nicht zustande gekriegt ... und dann auf der Entbindungsstation, müßte verboten werden!«... »Nee ... da ist er nicht, und da kommt ihr auch nicht rein, nur ich habe einen Schlüssel – und kann ihn anfassen, so ist das!«... »Ich versteh immer nur Bahnhof, was ist los ... ein Affe, hör ich richtig, ein echter Affe – so wie aus dem Zoo...?« »Na – ich wills nicht wissen, der wird nicht lange leben, wenn er auf der Versuchsstation ist.«... »Doch, doch ... der lebt gut, im Bett, an der Brust ... zum Verrücktwerden herzig! Gehört der Frau aus Rußland, damit sie sich...« »Erstens, die ist aus der Ukraine ... und dann ... ich möcht nicht in ihrer Haut stecken!«... »Also ... vielleicht erzählt mir mal eine, was hier los ist, ich kapier nicht!« ... »Ist auch besser, und dir sag ich, halt deine Putzigkeiten besser im Zaum, sonst hast du diesen Schlüssel die längste Zeit gehabt, so sieht das nämlich aus!«

Und im Nu hatte sich die plauschende Runde aufgelöst, und sie verschwanden eilig in ihren Zimmern, und ich blieb zurück, als hätte mich ein Blitz getroffen, wie in einem Filmriß stand mir das Bild mit den Haaren vor Augen: Haare in der Kloschüssel, Haare auf dem Boden, in der Faust, im Briefumschlag – und wich nicht, wich nicht, mir wurde schwindelig, und ich rannte wie ertappt in mein Zimmer, griff nach dem Gerät, um mein Entsetzen loszuwerden. Stellen Sie sich vor, mir ist, als offenbare sich ein Kreis, ein unheimlicher Rundgang, dem ich nicht eine Sekunde entkommen war!

Ich glaube, ich habe Fieber, werde mich hinlegen und eine dieser rosigen Tabletten nehmen – und aufsteigen in elysische Gefilde!

O ... ich höre, wie an der Tür gelauscht wird, ich höre, wie sich mehrere Körper gegen das Holz lehnen, sich ablösen – mich abhorchen, einfangen wollen, in die Enge treiben ... und das Gerät, mein Himmel ... wohin damit

... in diesen gekachelten Verliesen gibt es kein Versteck, keine Nische, keinen Unterschlupf, die kalten strengen Kacheln, die blitzenden Armaturen, das tropfende Wasser, erinnert an Folter und hygienisches Vernichten ... Himmel ... jetzt ist eine ausgerutscht und gegen die Tür gefallen, kein Ton, ihr Atmen beschlägt den Raum, o ... wie schrecklich, sobald ich bedroht werde, bricht alles wieder auf! Hilfe ... Doralis, warum sind Sie nicht hier ... ich würde in Ihre Arme sinken ... und schlafen, schlafen ... Ade ... Ade ... ich muß mich mit Wasser abkühlen, und ich muß stark werden, stark, stark ...

Cassette 4

Doralis ... die Tür ist zu. Der Schlüssel weg. Es ist abgeschlossen. Ich bin allein. Die Person Keucher hat man rausgenommen. Sie fehlt mir. Denken Sie ... die Schäbigkeit ihrer Verfolgung hat mich angespornt! Die Stille im Raum ist widerlich. Ich wußte nicht, wie kränklich ein Krankenzimmer ist. Der Haß auf sie hat den Raum belebt. Ich liege auf dem zum Zerreißen gespannten Laken – und atme schwer, der Körper zittert vor Wut. Ich will raus ... Macht die Tür auf! Der Schlüssel steckt in der Tasche der Schwester, die von Humorlosigkeit ausgemergelt ist. Ah ... und wie sie mich den Gang langgeschleppt haben. – Nein ... ich mag nicht dran denken. Ein kardinaler Fehler ... den ich begangen habe. Ich. Ich. Ich.

Hoffentlich bekommt nicht die entzückende Nachtschwester noch Ärger. Ich habe sie dazu verleitet, den Kittel zu entwenden ... mit dem ich ... nein, wie entsetzlich – und peinlich...! den glitschig rutschigen, sturzgewienerten

Gang langgeschleift worden bin. Ich – mit dem weißen Arztkittel, den erfrorenen Sieg im Gesicht ... kurz davor, ganz kurz davor einzudringen, hinein in das Rätsel, hinein in das Unheimliche, das sich schon wie eine Blume öffnete ...! Und dann ... unaushaltbar ... ertappt, überwältigt, eingewinselt in den Griff, den die Muskelpakete »Schwitzkasten« nennen ... Und zurück das Ganze, ab – in vier stählernen Armen, hinein in die gebohnerten Gänge ... die elend langen Flure retour, rum in eine Ecke ... rein in den nächsten schaurigen Gang ... rasend um Kurven, Kanten, Nischen, Glastür nach Glastür ... ergebene schluckende Diener ... im keuchenden Stolpern vorbei an abgestellten Instrumentenwagen, wieder ein seifig glänzender Schlauch ... und weiter, weiter ... verbissen und gedemütigt, eng umschlungen im Schwitzkasten, entlang an einer peinigend spiegelnden Fensterflucht, vorbei an der AMBULANCE ... der CHIRURGIE ... im sperrigen Untakt der muskeltrainierten Männer, in Armbeugehaft ... ertappt, schachmatt gesetzt, im gestohlenen Kittel, mit einem Schuh, im Strauchelschritt ... den Kopf auf die behaarte Hand des Muskulösen: »Au ... au ... die beißt ohne Vorderzähne!« ... und dann im Befehlston: »Ab ... marsch, marsch, marsch, ab ... und dalli ... dalli ... das Füßchen rechts, das Füßchen links ... und flink, flink ... und die Zähnchen im Zaume halten!« ... Und wieder eine gewichste Flucht, endlose Strumpfmaske, in der ich verschwinde ... die Krankenschwestern als Säumlinge meiner Pein, langstielige Blicke aus offenen Zimmern, Ärzte und Pfleger im gemeingemütlichen Baß: »Da sind wir ja wieder!« Die Berserker, den Griff anziehend: »Und ab ... und tapp ... zwei rechts ... drei links ... immer schön vor ... und! ... nicht treten, das wollen wir doch nicht!« ... Der Kittel weht auf im Laufschritt ... Blick auf meine Schenkel: ein pervers erotischer Anblick...!

Und vorbei an Schwester Gerda, hohngeschwellt, vorbei an starrweißen Kitteln, die prustend auseinanderstieben ... vorbei an meiner Mitwisserin, die inzwischen für mich Beate heißt ... ach ... und die sorgenvoll flüchtet, rein in den Schutz des Aufenthaltsraumes, ran an den Zipfel der Oberschwester, die noch einmal schnell lugt, während ich am Ende des Spießrutenlaufes bin!

Endlich, endlich ... der bekannte Mief meines Ganges ... die Tür am Kopf ... patsch ... ein Zugriff: »Langsam die Dame ... nicht so eilig, nicht so eilig!«

Die Klinke mit dem Ellenbogen runter – und rein in die Zwingburg, aufs Bett hingeworfen wie ein Lumpen ... Nur der Atem bedeckt die Scham, die Wut glutrot im Gesicht ... und da stehen sie, schadenfroh und schön und aalglatt und jeder Muskel berufsmäßig in Hochform – und drohen genüßlich: »Ruhe jetzt ... Sonst holen wir die weißen langen Fingerchen!« Ah ... die kenne ich, ihr Dreckskerle! Und noch einmal stillgestanden vor dem Bett, nichts als dieses geizige Grinsen aus gepolsterten, goldbraunen Gesichtern ... und ab aus der Tür ... zwei Riesenrücken im gemeinsamen Drücken gegen die Tür ... und rum den Schlüssel im Schloß, noch einmal kontrolliert: zu, abgeschlossen. Ausgeschlossen. Eingeschlossen ... und Schluß. Aus. O ... da liege ich nun mit meinen Insassen: zwei fette Schmeißfliegen, die den Raum mit ihrem sirrenden Tiefflug einkreisen, meine Augen jagen herum ... und das Herzklopfen ihnen nach ... immer nach ... O ... wartet, wartet ... gleich erschlag ich euch! ... gleich, gleich ...

Cassette 4 zweiter Teil

Ach – Doralis ...

Leise, leise ... da bin ich schon wieder – und nicht weniger aufgeregt, denn eben klopfte es, zart und liebevoll, Schwester Beate warnt mich, zischt durch die Tür, daß bald, in Kürze, mein Zimmer durchsucht würde!

Hören Sie mich?! Stehen Sie mir bei!! Um Himmels willen ... wohin mit dem Aufnahmegerät?!

Ich springe auf, das Gerät in der Hand ... wohin! Wohin damit, wohin mit Ihnen, Sie ... meine Rettung, meine Zwiesprache ... hören Sie mich?! Ich stehe zitternd im kahlen, leeren, geheimnislosen Raum, die Fliegen zu meinen Füßen, alles Lebendige tot und still, nur ich und die Panik.

Stehe nackt in sengender Stille ... wohin?!

Kein Ort, kein Versteck, aber jetzt ... O ... ich bin gerettet! Ach, wie fantastisch: Sie werden ruhig gebettet im Übertopf einer Pflanze, die ihrer Sinnlosigkeit alle Ehre machen wird, die, von niemandem beachtet, seit Tagen als stumme Zeugin auf dem Fensterbrett steht ... und schweigt! Ha ... sie werden suchen und suchen ... und der Gummibaum steht artig abseits und schweigt und schweigt!

Was für ein gesundes Gefühl, sie schon jetzt reingelegt zu haben. Ich muß Ihnen ...

Um Himmels willen ... der Schlüssel!!! ...

Cassette 5

Nichts als Sie und ich, nichts sonst ... o ... verflucht, nimmt dieser Tag kein Ende!

Der Schweiß steht mir auf der Stirn, die Beine zittern, was für eine Zumutung! ... Haben Sie schon einmal erlebt, wenn Sie nackt in einem nackten Raum durchsucht werden? Haben Sie schon erfahren, wie es ist, wenn Sie fühlen, wie die Sonden Sie durchdringen? Sie das Gefühl haben müssen, an eine Thermographie angeschlossen zu werden, die Ihr Leben ausplaudert?

Haben Sie schon erlebt, wie ein kahler Raum zur Brutstätte von Schrecknissen wird? Können Sie sich vorstellen ... nein! ... wie es ist, wenn in einen gänzlich durchsichtigen Raum drei Männer eindringen, als hätte ich mich in eine grauenhafte Quellmasse verwandelt, die alles unter sich begräbt ... ah ... und vorneweg dieser Heuchler, Dr. Lebowitz: »Nur Ruhe bewahren ... wir tun Ihnen nichts!« ... der den Raum einnimmt, als habe ein Psychologe es ausschließlich mit Debilen zu tun, als würden auffällige Menschen zu Monstern werden, die vor sich zu retten sind?! Schwachsinnige, die schwer hören, schlecht sehen, Worte verlieren und auf der Stufe einer Heuschrecke vegetieren.

»Ruhig, ruhig, ganz ruhig!«, und bei dem Satz: »Bleiben Sie ruhig!« ist er schon bei mir, legt kühl die Hände auf meine, drückt mich begütigend nieder, während die anderen ergänzen: »Wir schauen uns bloß ein wenig um!« ... und mit diesem vorgehaltenen Satz den Raum kampflos erobern, ihn mit Blicken besetzen, und Schwester Gerda ihnen folgt und so tut, als hätte sie dieses Krankenzimmer noch nie gesehen, als befände sie sich auf gefährlichem Fremdgelände, dann wie eine Statue in der Mitte steht, die Hände gefaltet ... und darauf wartet, daß ich nun vorschriftsmäßig entgleise, randaliere, und ich liege still und lächle. Und wie die beiden Hageren, der eine ohne Bart, der andere mit, nun Vertrauen gewinnen und mit verschränkten Armen auf dem Rücken beginnen, den Raum in Verdachtsmomente aufzuteilen, wie sie erst einmal vor leeren Ecken stehen: ein Nistplatz des Unheimlichen, in einer endlich einen Abfalleimer ausfindig machen, diesen mit einer flinken Geste unter dem Waschbecken bergen, ihn anheben ... der Schwester hinhalten, damit sie sich nicht als Fahnder unnötig gefährden ... und diese beflissen hinzuspringt, tief hineinschaut, tief ... bis auf den Grund des leeren, vollkommen leeren Behälters, der nichts anderes birgt als eine Plastikeinlage, die sie – Schwester Gerda ... mit spitzen Fingern herausreißt, weit von sich hält ... die beiden Hageren sich nun nähern mit gewichtigem Blick, die Durchsichtigkeit der Plastikeinlage in Augenschein nehmen, furchtlos ... diese durchsuchte Folie Schwester Gerda aus den Fingern reißen und sie in einem abfälligen Bogen und Schwung auf den Boden schleudern ... ein, zwei Schritte zurückspringen, als würde doch noch ... Und nichts ... während die Hand der Schwester in der Luft steht, als müßte sie abkühlen von der Ansteckung, halten sich die beiden anderen die Hände unter das laufende Wasser, damit ... während dieser Dr. Lebowitz den Druck verstärkt: »Ganz ruhig, ganz ruhig ... wir haben es gleich geschafft!« ... Und nun der Schrank aufgerissen wird, weiß und leer, nicht mal der Morgenrock, die Rüschenbluse, das bräunliche Kleid, die Waschtasche von Frau Keucher ist mehr drin, nur die vollkommen kahlen und geschliffenen Schrankeinteilungen, die drei Bügel ... aber unten, rechts in der Ecke, ist eine Plastiktüte vergessen worden ... leer ...

nach der sie nun die Schwester greifen lassen, der Beschwichtiger mich tiefer drückt, wieder: »Ruhig, ganz ruhig!« mahnt, die Schwester die Tüte greift ... sich diese in panischer Furcht vom Leibe hält, die beiden Ärzte in gespannter Aufreihung: »Nun? ... aufmachen, aufmachen!« ... befehlen ... und Sicherheitsabstand einnehmen, während die Schwester mit gepeinigtem Ausdruck und lächerlichster Bückhaltung in die Tüte lugt, die vollkommen leer ist, leer bis auf den Grund ... und sie sagt: »Ohne Befund!« ... die beiden Hageren sich sammeln, neutrale Dienstlichkeit üben und erneut den Blick mutig in die Runde führen, den Raum tiefer auf seine Kahlheit hin durchforsten ... nichts ... nur der Stahltisch auf Rollen, darauf ein Deckchen aus Papier, drinnen ein Stift, ein Kamm, ein Feuerzeug ... und ... ein Haufen gefährlich ineinander verknäulter Tempotücher! Wie vorsichtig nun das rollende Tischchen von mir weggezogen, in der Mitte des gesicherten Umfeldes ausprobiert wird, daß auch wirklich keine Lunte ... die beiden Männer der Schwester nun wieder freundlich den Vortritt lassen: »Bitte ... bitte« ... sie sich an die Arbeit macht, das Deckchen flink abhebt, über die kahlweiße Fläche streicht, den Staub kontrolliert, die Schubfächer aufreißt, schnell das erste ... das zweite ... und offenstehen läßt ... damit ... die beiden Schnüffler sich herunterbeugen, die Hände verschränkt auf dem Rücken, die Nüstern gebläht, Augen in Stöberachtsamkeit ... und wie sie den Kamm hochhalten lassen, ihn als diesen fixieren, der eine den Kamm rasch durchbiegt, nichts ... diesen zerbricht und ihn flugs auf den Boden fallen läßt ... zwei Schritte Abstand nimmt, als ... ja – unweigerlich die Ladung Tempotücher geborgen werden muß, ein Indiz unvorhersehbarer Schwere ... Dr. Lebowitz wiederum die Beruhigung vertieft: »Ganz ruhig ... ganz ruhig« ... und nun die Schwester in Anbetracht der Auswirkung den Rest des Kammes aufhebt und mittels diesem spitz und zuckend in den weißen Haufen hineinsticht, wieder und wieder ... alles auseinanderfällt, nichts als die Benutztheit bloßlegt, und wie sie die Nase rümpft »Gräßlich ... gräßlich! ... aber o.B.« ... sagt, sich die Plastiktüte über die Hand zieht und beherzt in die aufgebauschte Ladung faßt und diese mit einem Ton minuziösen Entsetzens in den Abfalleimer wirft ... und sich anschließend die Hände von der Luft desinfizieren läßt.

Ach – stellen Sie sich doch vor, der Hagere mit Bart wendet sich schon der Tür entgegen: »Ja – ich meine, das genügt« ... als der andere unmißverständlich in Richtung meines Bettes nickt, in dem ich liege, nichts sonst ... dann ohne Zögern auf mich und das Bett zugeht, Dr. Lebowitz und seine Beruhigungsarbeit verdrängt und mich mit einem strengen Zeichen auffordert, die Bettware restlos freizugeben! Und da stehe ich auch schon nackt in nackter Mitte, während Dr. Lebowitz seitlich auf mich einspricht: »Gleich ... ruhig, nur ruhig ... gleich, gleich können Sie sich wieder hinlegen!« Und sich nun endlich der Hort der Verschwörung zeigt: eine Riesenfläche aus Weiß mit Kissen, ein vorsätzlich gespanntes Laken, lange Enden des Bettuches, das sich geheimnisvoll unter die Matratze windet, tückische Liegefalten, gar Haare, stramm das Kissen, die schützende Zudecke endlich zurückgeschlagen ... eine ungeheure Ansammlung gefährlichsten Weißes, offengelegt!

Ritsch ... ratsch ... entblößt den Federkern bis auf verwaschene Blutflecken, ringt noch mit kleinen Wellen des Abscheus, da beugt sich auch schon der Hagere über das Ausmaß, atmet hörbar aus und ein, zieht aus der Tasche des Kittels ein spitzes Werkzeug, einen silbrigen Pfeil ...

und sticht gekonnt und treffsicher in die Matratze, wieder und wieder, und immer wieder ... Loch neben Loch ... Riß neben Riß ... und leer ... und nichts ... und wieder nichts ...

Mir wurde immer übler, Doralis ... es war wie ein Mord, ein Mord war es ... ein Brechreiz erfaßte mich aus Kopf und Herz, der mich in der Mitte zusammenpreßte, es war, als blähe sich die gewalttätige Atmosphäre in meinem Leib – und verschlinge mich! ... Ich schwankte ... Laßt mir ganz übel werden! ... flehte ich, laßt mich alles auskotzen ...

Und wirklich traf mich ihr Mitleid, noch einmal stiegen sie wichtig über die verdächtige Ware, fuhren in Windeseile über Lampe, Hängevorrichtung, Klingel und Stecker. Ich stand bleich von Kopf bis Fuß, als sich die Schwester ... nein, nein ... dem Fenster zuwendet! ... O ... Engel, laß sie zu Stein erstarren, aber da wendet sie sich auch schon ab, ein holdes Lächeln über die Zier, steckt beinahe graziös ... ach – wie erlösend ... zwei Finger in die Erde: genug Wasser ... bewegt sich auf die Tür zu, da stellt sich noch einmal der Hagere in den Weg, zeigt auf die Pflanze: »Und? ... das Ding dahinten!?« Da kann ich nicht anders, als dem Becken zuzuspringen, um mich zu übergeben, während ich von ihr höre: »Ist geprüft, ohne Befund!«, zitternd spüre ich, wie laut und derb hinter mir zugeschlossen wird.

Cassette 6

Es ist Nacht. Ich flüstere mit Ihnen. Sie mein Nachtstern, in der Dunkelheit!

Ich habe ihnen alles ins Becken gespuckt, meine Seele, meinen Magen, mein Hirn. Mein Gemüt ist kahl wie eine Landschaft aus Fliesen, nichts als Fliesen ... weiß, kalt und abwaschbar ...

Und ... sie werden hoffen, wissen, glauben, daß sie mich eingeschlossen haben, hinter Schloß und Riegel halten ... ich allein mit meinem Wahn, der drinnen ist; und sie ohne Wahn draußen, in Freiheit, gerettet in der Allwissenheit der steifen Kittel und Titel ... Aber ich bin resistent, eine gut funktionierende Maschine, mein Herz ist leer und schlägt hinter Gittern ...

Ich habe sie in die Irre geführt, sie wollten meine Psyche zum Täter an mir selbst werden lassen ... Aber stellen Sie sich doch vor, ich schwöre es Ihnen bei der schaurig eingekerkerten Nacht: Ich habe keine! Sie ist im Becken, verendet vor dem Spiegel unter meinem erbarmungslosen Blick, der Gier, ihnen auf die Schliche zu kommen, ihnen ihr Geheimnis endgültig zu entreißen, ihre Machenschaften zu entblößen ...

Ah ... sie hofften, eine Frau ist leicht auszuschalten, die Psyche ein Orkus für Zweifel, Hader, Furchtsamkeit und Selbstgefährdung! Aber meine Schreckhaftigkeit war eine Falle! Ah ... sie wollten mir mit ihrer schnittfesten Höflichkeit, ihrer keimfreien Fachlichkeit, ihrer massiven Präsenz eine Infusion verabreichen ... und ich würde im Morast seelischer Blähungen versinken ... und verschwunden bleiben!

Ha! ... Ich bin eine Mitwisserin der Mitwisserin, ich weiß nun ... morgen ist der große Tag! Ich beschwöre

Sie ein letztes Mal: Glauben Sie mir! Und ich bin voll Ruhe, Freude und Erwartung. Die Eingeschlossenheit, die Nacht, die Einsamkeit ist meine selige Hölle, meine Ahnung und Gewißheit! Morgen, morgen werde ich wissen, daß ich nicht verrückt bin ... Morgen werde ich gerettet sein, frei und dem Verhängnis entronnen und wissen, was ich nicht wissen sollte! Meine Hände liegen scheinheilig und tatenlos auf der neu aufgeschüttelten Bettdecke, mein Körper ist sprungbereit, meine Augen glühen, und meine Wut ersetzt den Schlaf.

Ich genese an den Widerständen. Nichts bin ich als ein Vermesser der Ereignisse, eine Architektin, die auf dem Reißbrett jeden Schritt vorausberechnet, ich bin der gestylte Affekt, der aus dem Unerwarteten hervorspringt – und Zeuge wird...! Ich bin nichts als die eiskalte Innigkeit einer Spionin! Bin nichts als eine Fremde unter mir selbst.

Sie hören – ich bin nicht kleinzukriegen! Nur kalt ist es hier ... schrecklich kalt, und ich fröstle mit allem, was nicht abgestorben ist! Ich muß durchhalten und eisig bleiben ... und liebste Doralis, sollte ich mich irren, sollte der Wahn doch in mir ... Nein, nein ... dann, ich schwörs! ... stürze ich vor Ihren Edelholzschreibtisch, beuge mein wirres Haupt und bleibe ein Leben lang diejenige, die den Staub von Ihren Akten wischt!

Ah ... ich liege und warte, liege und warte ... Und morgen ist der große Tag. Und Schwester Beate, die Wunderbare, wird mit dem Schlüssel kommen, die Türen öffnen und mir den Hut, die Hose, die Arbeitsjacke, die Schuhe und Socken reichen, die sie von dem Gärtner aus seinem Schuppen entwendet hat!

Wenn sie wüßten, wie ich sie schon wieder hintergehe! Und um meine Kälte ein wenig zu erwärmen, die Nacht nicht zum Alp werden zu lassen, muß ich Ihnen ... erzählen, muß ich nachtragen, wie sie mich erwischt haben, wie sie mich vor dem Einbrechen in ihr gehütetes Geheimnis ... abgefangen ... und gepeinigt haben! ... O ... Sie dürfen schaurig schön lachen, lachen über mich! Tun Sie es!

Und bei dem Fetzen des Mondes, der wahrhaftig durchs Fenster äugt: Ich bleibe bei ausgekühlten, mageren Fakten, kein Gestrüpp, keine Fantasie!

Wenn mir doch nicht so kalt wäre! Ob ich noch lebe? Licht an, Licht aus, Schlag auf die Wange: Ja – ich bins, ich lebe ... aber o Schreck ... was sehe ich: nur noch wenige Minuten Sprechzeit, das Ende des vorletzten Bandes droht! Sie hören richtig: vorletzten ...

Also schnell die bizarren Ungeheuerlichkeiten. Ich ging mit dem gestohlenen Kittel von Schwester Beate ... nein ... Kittel nie wieder! ... die Gänge entlang, ich übte des Nachts und des Tags, ich konnte sogar den ataktischen Schritt von Schwester Gerda imitieren, wagte mich immer höher und immer tiefer ... Suchte nach dem Schlitz, der für die Plastikkarte, den Chip, der Sesamöffnedich, den ich im Kittel trug und nicht eine Sekunde aus den Händen ließ ... – Irgendwann stand ich vor einem Bild, einer farbenprächtigen Intarsie in Glas, die sich mitten durch den Gang schob, den Trakt vom ... ja – von was? – abtrennte, Schluß machte! Vor mir dieses kunstwilde Bild, und hinter mir Dunkelheit und Kühle, es schauderte mich ein wenig, und ich verweilte heftig atmend an der Wand, als eine Schwester auftauchte, wer weiß, woher ... ich hielt den Atem an – und sah, wie sie einen Chip seitlich hineinsteckte ... und das Riesenbild sprang auf, teilte sich in zwei gleich grelle Teile, zwischen denen sie geräuschlos verschwand. Eine fantastische Täuschung, dachte ich noch und stocherte ziemlich konfus an der vermeintlichen Stelle, spürte aber, wie meine Karte eingezogen wurde – und sich die beiden Hälften öffneten! Wie eben – wirklich und wahrhaftig!

Ohne Zögern trat ich zwischen die dicken Panzerglasteile, hielt den Atem an, wenn nun ... wenn nun, die Falle zuschnappte?! Ich kniff die Augen zu ... und raus, einfach mit einem Sprung heraus ... und fiel in tobend Dunkles. Eine Tiefgarage, schoß es mir in den Kopf, und mehr tastend als sehend folgte ich einem diffusen Licht, bläuliche Notlampen, die lang und länger langsam einen Korridor freigaben. Und plötzlich befand ich mich vor einer solchen Flut aus Licht, daß sie wie eine Wand wirkte, durch die ich schritt, selbst durchsichtig, als hätte ich mich und meinen Körper in der Finsternis hinterlassen, ja – ganz leicht, schwebend, irrlichternd fand ich mich in einem ovalen Raum wieder, inmitten luxuriöser Stille und Erhabenheit; eine weitläufige Glasempfangskabine mit unzähligen Bildschirmen irritierte mich, und eine schöne Schwester saß gelassen, drückte Knöpfe und schaute dahin, wo ich nicht war ... davor eine Reihung schwerer Ledersessel und Sofas, auf diesen wartend, lümmelnd, ja – teilweise liegend – Kranke, Verletzte mit gegipsten Beinen, Armen, eine traurige Ansammlung Geh- und Bewegungsbehinderter, deren Krücken, Gehstöcke und Laufhilfen angelehnt standen. Das Warten lastete geradezu, und eben hatte ich mir den Aufwand erlaubt, Mitgefühl zu empfinden ... leise weitergehen, jetzt mit der eingeübten Gangart, dem triumphalen Gefühl, dazuzugehören ... und rechtmäßig weitergehen zu dürfen ... als ... nein! Nein! ... Mich friert, es ist eiskalt ... ich die Runde der Schwerverletzten schon beinahe ... beinahe passiert hatte, schon ganz kurz vor der zweiten Tür stand, die wiederum ein opulentes Bild mitten durch den Raum setzte, ich schon mit der Leichtfertigkeit einer Gewohnheit hindurchschreiten wollte, als es ... hinter diesem Bild rief, eine verdammt quäkende Stimme, eine Stimme aus elektronischem Gebräu: Name; Name ... Name ... Ja – welcher? Welcher Name? ... Natürlich können Sie sich vorstellen, was geschah!

Nur einige Sekunden stand ich erstarrt in Ratlosigkeit, und schon sprangen die Verletzten auf, umkreisten mich mit ihren Gehstöcken, hieben auf mich ein ... ja – die Wunden, Gipsverbände und Einbandagierungen verwandelten sich schlagartig in lautlose, dumpfe Waffen ... tonlos wurde ich hin- und hergeworfen, von einem dicken Verband zum anderen ... Ein Armstumpf brachte mich endgültig zu Boden ... jemand riß mich hoch, ich hörte einen Aufschrei von einer Stimme, die ich kannte: »U.P., U.P. ... einfangen, festnehmen, abführen!« Eine Halskrause mit einem gebrochenen Arm schleuderte mich gegen die weiche Bauchbinde von Frau Keucher! ... an der ich langsam und lächelnd zu Boden glitt ... Von der Seite sprangen die ... nein, nein ... ich mags nicht noch einmal! Ach – mir ist zu kalt, die Stimme vereist...!

Eins noch: U.P. heißt, was ich bin: ungebetene Person.

Ach ... einige Sekunden könnte ich noch mit Ihnen reden, ich kann nicht mehr ... bin eingefroren mitten im Sommer ... Ade ... und Gute Nacht ...

Rückkehr

Liebste Doralis, Guten Tag ... ich bin inzwischen wieder dort, was man nach einer solchen Wirrnis als Zuhause empfindet.

Ich saß drei Stunden in dem Gestühl, das ich vorher als meinen Lieblingssessel bezeichnet hätte – und ließ mich von dem Tumult der Abgeschiedenheit überwältigen. Wie scheußlich unzuverlässig die Dinge sind, und wie sie sich anschicken, sobald man ihnen nicht mehr die täglichen Gewohnheiten aufzwingt, sich zu verselbständigen, und von einem Abschied nehmen. Alles ist mir fremd. Warum bin ich hierher zurückgekehrt?

Sind es nicht doch nur Fixpunkte, Adressen, die eine unsichtbare Schnur im Inneren weben, denen wir folgen, als stünde am Ende eine Freiheit und nicht der Tod? Die Gepäckstücke liegen mir zu Füßen, eine Erinnerung daran, daß ich auf Reisen war, aber wo?

Und doch, welche Klippen und Tiefen, welche Stürme und Stillstände haben mich ergriffen, welche Art von Umschichtung hat sich meiner bemächtigt, die ich in mir trage; wie einen Lebensrutsch.

Das, was meinen Tumult so klein macht – nein, lachen Sie nicht –, ist und mag die unabwendbare Tatsache sein, daß ich nicht verrückt bin, kaum anders als alle, die mich begrüßten, als ich meine Haustür öffnete. Ich habe vielleicht nur etwas erfahren, leibhaftig ausspioniert, was bald in die natürlichen Alltäglichkeiten unseres explosionsartig sich verändernden Lebens eingewoben sein wird. Aber ist es nicht wahnwitzig, daß ich mit der Last alten Bewußtseins und einer mir eigenen Langsamkeit vordrang in den Pilotraum letzter technischer Möglichkeit?

Mir scheint, ich war nur dorthin gereist, wo später alle ankommen werden: der Umschreibung unserer menschlichen Schöpfungsgeschichte in eine künstliche. Ich reise vielleicht in nichts anderes hinein, als in das Fantasma einer verschwindenden Realität, in das Dunkle eines Imaginären, das noch einmal Irrlicht sendet und lockt, bevor es in der Vernetzung digitaler Enträtselung gelöscht sein wird?

Ich habe natürlich als erstes bei Ihnen angerufen, und ich war erleichtert, daß Sie verhindert waren und daß ich nur Ihre Stimme hörte.

Als hätte mich die spitze Lanze des Hageren getroffen, stand ich, den Klang Ihrer Stimme im Ohr, in der halboffenen, beschmierten Zelle. Ich habe mit Ihnen jetzt und inzwischen eine Vergangenheit, die Sie mit mir nicht haben.

Ich werde Sie in der nächsten Zeit nicht aufsuchen, nicht sehen, mir ist, als gäbs kein Verhalten, welches diese Bestürzung der Nähe tragen könnte.

Sie waren meine Notrufnummer im Keller der Gegenwart und im Obszönen der Zukunft. Ich weiß, Sie werden mir meinen Übergriff an Ihrer Teilnahmefähigkeit verzeihen.

Und wenn wir bald wieder zusammensitzen und mit unseren Gesprächen die Welt aus den Angeln heben, die ganz gut ohne unsere Hebearbeit auskommt, dann bitte ich

Sie, mich als eine zu erfahren, die ich vorher war, dafür brauche ich noch etwas Zeit.

Material habe ich genug. Sie werden ausreichend Arbeit finden, zumindest einen Prozeß für mich führen müssen, einen einmaligen und komplizierten Musterprozeß gegen Menschenrechts- und Würdeverletzung, denn für mich folgt aus der Cassettenaufnahme, die ich habe – und die ich Ihnen abgetippt beilege –, daß die Frau zu dieser unheimlichen Geburt vergewaltigt worden ist. Da sich diese Zwangsgeburt aus dem Kopf der Wissenschaftler als machbar, normal und gar als Forschungserfolg einführt, ist eine gerichtliche Verfolgung und öffentliche Diskussion von allergrößter Wichtigkeit. Eben war ich im Bad und sah ohne Abneigung in das, was ich als mein altes Gesicht bezeichnen würde. Ich bin durch die Wagnisse häßlich geworden, es fehlen mir nicht nur die Zähne. Ich stand lange und bestaunte die Runen der letzten Ereignisse, und ist es nicht merkwürdig, daß ich das sichere Empfinden habe, daß Unscheinbarkeit, Versehrtheit und eine gewisse Häßlichkeit mir die Möglichkeit bieten werden, den anderen häßlichen Dingen auf den Grund zu schauen?

Ich gehöre nun, das war es vielleicht, was ich suchte, zu den durchschnittlichen Menschen, die die Mensuren eines gewalttätigen Lebens im Gesicht tragen.

Erst jetzt werde ich als Protokollantin anderer Leben etwas leisten, denn ich habe meine Furcht abgelegt – daß ich in jedem Leben, das ich belausche, etwas finden könnte, was mich selbst ereilt! Es hat mich ereilt, ich bin verletzt worden – und zwar unter der Haut und auf der Haut, das soll die Furcht gewesen sein? Nein – ich bin nicht verrückt, diese Sensation kann ich uns beiden nicht bieten, ich habe etwas ausgehalten, etwas, einen Zufall, der mir zugefallen ist, nicht mehr. Ich könnte Sie jetzt anrufen, wie immer, wir würden reden, lachen, Pläne schmieden und uns die Unerhörtheiten verkleinern, das will ich nicht. Und bis dahin schaue ich aus dem Fenster, in den Garten, der mir gehört und der vor mir liegt in seiner abendlichen Entrücktheit, während die Schwalben ziemlich oben mit ihrem ziehenden Ton Schleifen zeichnen.

Langsam sinkt eine neblige Abendstimmung auf das matte Grün und sagt mir, daß ich bald nichts mehr zu schauen haben werde und daß ich schlafen werde, einen Schlaf in meine gewohnte Umgebung hinein.

Natürlich habe ich auch in das Buch von Mary Shelley geschaut – es heißt wirklich: »Das Schicksal war übermächtig, und in seinen unumstößlichen Gesetzen lag meine vollständige und furchtbare Vernichtung beschlossen.« Es stimmt, nicht wahr? Und ist es nicht absurd, daß ich einem weiblichen Frankenstein begegnet bin, betäubt auf der Bahre, zu keiner Rache fähig, während ich als ahnungsvoll Verstrickte um ein Haar in die unsichtbaren Abgründe zwischen dem Realen und dem Virtuellen gerutscht wäre!

Nein – ich bin nicht verrückt, die nachglühenden Turbulenzen schreibe ich hiermit ab, damit wir ... wir beide zu dem werden, was notwendig sein wird: Erforscher einer gewöhnlich werdenden Außergewöhnlichkeit.

Und was soll ich Ihnen sagen, ich war beinahe ein wenig beleidigt, als ich – mit dem Aufnahmegerät flach auf dem Bauch, zwischen Dickicht, Rosendorngestrüpp und Stacheldraht in das Versuchslabor sehen konnte, sehen konnte, wie die Frau, die neben mir im Hotel mißhandelt worden war, aufgebahrt lag – und um sie herum Wissenschaftler, die ihr Forschungsergebnis rühmten.

Ich war beinahe beleidigt, daß ich nicht irre war, daß sich die Vorahnung bestätigte, die als Unheimlichkeit dieser Reise unterlegt war.

Und nun muß ich auch noch gestehen, daß ich nicht einmal mehr den Tierschützern, die mich so verunstaltet haben, gram sein kann, sie waren es ja, die einen Aufstand probten und diese ungeheuerliche Zwittergeburt mit einem Tumult beendeten. Sie brachen ein und zerschlugen alles, was sie zerstören konnten. Die erlesene Gesellschaft wurde in ein Chaos verwandelt, der Überfall war so rabiat, daß keine Vorkehrung sie hat aufhalten können, sie erstürmten die Räume und brachen ein in das Heiligste, das von allen Raffinessen der Hochtechnik beschirmt war, sie setzten alles außer Kraft ... überrannten die Bildschirme, die Wachen, die Mikrofilme, die Alarmanlagen – und trieben die Gralsgesellschaft in Panik und Schrecken.

Ist es nicht erhebend, daß eine Herde aus Schafen, Ziegen, Kühen, Schweinen und bedrohlichen Tierköpfen der schaurigen Premiere ein schlagendes und lautes Ende bereitete?!

Und ist es nicht erhebend, daß ich nun in dem Tumult, dem Durchbruch, entkommen konnte, entfliehen mit dem geheimen Sprachmaterial, das jetzt schriftlich vor Ihnen liegt.

Wir werden Tonbänder und Aufzeichnungen durcharbeiten und ergänzen; allerdings macht mir Furcht, daß ich immer noch nicht meinen Paß zurück habe, er ist heute fast nicht mehr notwendig, aber mein Name, mein Wohnort sind gesichtet und festgehalten, das ist auch der Grund, warum wir mit Vorsicht und Umsicht an die weiteren Schritte gehen müssen. (Vorerst einmal!)

Nicht wahr, eine solche Reise haben Sie doch nicht erleben können? Nicht wahr? Geben Sie es zu! Trotz allem, sie war nicht exotisch, denn wo und wozu gibt es heute noch Exotisches?

Und soll ich Ihnen sagen, wer mir zuallerletzt, deutlich und unverkennbar, einen Schlag mit dem Knüppel versetzt hat: der Polizist, bei dem ich meine erste Meldung machte. Er hat mich nicht erkannt, er tobte gegen das verbotene Begehren der tierischen Masse, alle Fensterscheiben waren in lächerlicher Schnelle zertrümmert, ich fiel herunter, zerschnitt mich – und landete in dem Raum, an den ich mich – unter größter Gefahr – herangeschlichen hatte, dem ich bäuchlings auflauerte ... und der nun zu einem Trümmerfeld zerfallen war, und ich in ihn hinein, empfangen vom Knüppel eines Polizisten, der seine Arbeit tat, die in jedem heftigen Hieb, seiner ganzen Kraftaufwendung für die staatliche Obrigkeit, eine tragische Lächerlichkeit preisgab. Ja – ich lag unten, der Knüppel über mir – und ich grinste in das von Aktion verzerrte Gesicht; das schlagende Recht macht nicht schön ... Sie können es mir glauben!

Gottlob – er traf nicht meine alten Lädierungen, er traf den Rücken, die flickenübersäte und ausgestopfte Joppe des Gärtners, ich dankte ihm inständig!

Ach – nun wird es dunkel, und ich werde in die Küche gehen, mir dort eine Tasse Kaffee machen und lange, lange mit dem Löffel umrühren. Nicht mehr.

Achten Sie auf sich, wir brauchen uns noch!

Offenes Geheimnis

Cassette

Verehrte Kollegen,
verehrte Stadtväter,
verehrte Logenbrüder ...

Sie werden mir, selbst wenn ich Sie alle willkommen heiße, verzeihen, daß ich verschnupft bin.

Verschnupft – wie Sie hören und sehen –, mit lästigen Sekreten, aber auch im Geiste.

Unzumutbare Zustände hätten um ein Haar diesen außerordentlichen und geheimen Vortrag zunichte gemacht! Die Größen der Stadt, die Größen einer Wissenschaftsabordnung werden durch eine Bombendrohung veranlaßt, sich in einen Raum zu verkriechen, gestatten Sie mir den Ausfall: der eher an einen Kohlenkeller gemahnt! Es ist eine Zumutung, daß es einzelnen Teilen unaufgeklärter Bevölkerungsschichten, ja, Teilen, die – verzeihen Sie – dem sektiererhaften Rest einer freien Gesellschaft zuzuordnen sind, wirklich gelungen ist, einer bedeutenden Forschungsklinik wie der unseren – diesen Umzug aufzunötigen!

Ich bin entsetzt. Ich bin irritiert, und ich bin rechtens verschnupft! Nein – meine werten Zuhörer ... ich mache Ihnen keinen Vorwurf, der Vorwurf geht an die Adresse einer wildgewordenen Gruppe, die ihre antizivilisatorischen Ausfälle im Tierfanatikertum austobt – und die, eine pervers randalierende Masse, nicht mal davor zurückschreckt, als Mensch verkleidet aufzutreten!

Ruhe, bitte ... Es ist zwar komisch, aber eben auch beängstigend!

Ach – Sie dort hinten – ja, Sie, treten Sie bitte von den Fenstern zurück, es sind zwar alle Vorkehrungen getroffen, doch wer von uns kann schon in derartig abartige Hirne hineinschauen.

Es wird hier in diesem Ersatzraum schnell warm, ich bitte Sie, sich danach zu richten – und sich darauf einzustellen, denn selbstverständlich ist dieses hier der einzige Raum, der über keine Klimaanlage verfügt, was bestimmt uns Referierende am meisten stören wird! Also ... machen Sie es sich bequem, und ... meine Herren, da wir unter uns sind, ganz unter uns ... dürfen wir uns erlauben, die feinen Jacketts abzulegen.

Wir haben notdürftig eine Art Bühne eingerichtet, notdürftig die technischen Voraussetzungen geschaffen, um Ihnen einen Einblick in den Invitrovorgang zu ermöglichen. Notdürftig sage ich – und unter aller Würde! In circa zwei Stunden wird es einen Imbiß geben, ein Glas Champagner, und ich bitte Sie auch gleich zu entschuldigen, daß Sie sich sowohl beim Hinausgehen als auch wieder beim Betreten des Raumes einer Leibesvisitation werden unterziehen müssen.

Sie werden verstehen, eine Maßnahme, die durch die Bombendrohung unerläßlich ist. In diesem Raum dürfen sich keine Aufnahmegeräte, keine Stifte, keine Notizblätter und Aufzeichnungsmöglichkeiten, keine Hörgeräte, Uhren und Brillen befinden!

Eine Vorsichtsmaßnahme, liebe Geladene, die wir einigen Tierkopulierern zu verdanken haben ... wenn ich es mal so lax ausdrücken darf!

Sie haben beim Betreten eine Erklärung unterschrieben – und diese freiwillig –, daß Sie alles, was Sie hier hören, sofort vergessen. Sie verstehen also den Ernst der Lage! Wir alle wissen, daß wir uns hier in einer illustren Runde befinden und daß die Offenlegung des einzigartigen Ereignisses auch mein Dank ist an diese Stadt, die Geldgeber ist und die dieses aufwendige Experiment finanziell ermöglicht hat! Mein Dank – ist die Arbeit, der Erfolg und das epochemachende Resultat.

Ich muß Sie – dort hinten – schon wieder bitten, sich hinzusetzen, Sie irritieren mich!

Also bitte! ... Ich warte!

Durch den Tumult, den es gegeben hat, wurden wir auch gezwungen, die Reihenfolge der intern angekündigten Darlegung zu verändern. Heute werde ich referieren und nicht – wie angekündigt – Professor Dr. *Waldmann. Nun zu mir, wenn auch kurz, denn den meisten hier Anwesenden bin ich bekannt.

Mein Name ist *Clerval, ich lehre und gehöre zum engen Kreis derer, die es geschafft haben, Forschungsergebnisse vorzulegen, die noch vor kurzer Zeit nicht einmal in den Bereich der Fiktion vorgedrungen waren.

Ich bin Professor der Reproduktionsphilosphie, also einer seltenen und doch notwendigen Verknüpfung von Geistes- und Naturwissenschaft. Die immer dringender werdende Frage nach den ethischen Voraussetzungen und ihrer Ausdehnung verlangt geradezu danach, das Gewissen, die ethische Moralität gewissermaßen, in die Person selbst und von Anbeginn an zu implantieren. Wenn ich das so sagen darf!

Nein – Fragen können nicht berücksichtigt werden, ich bitte um Vergebung und Einsicht, durch die Vorziehung meines Vortrages bin ich gezwungen, mehr oder weniger frei zu sprechen.

Ich muß Sie bitten, das Tuscheln zu unterlassen! Wenn Ihnen nicht gut ist, werden Sie sicher und liebevoll von unserem Wachpersonal hinausbegleitet.

Nein? ... Dann bitte Ruhe!

Wie bei allen großen Entdeckungen haben wir auch entdeckt, was wir nicht suchten.

Sehen Sie, meine Herren, unsere technisch-genmanipulativen Möglichkeiten haben sich ins Unermeßliche, Virtuelle vorgeschoben, wir sind bald Schöpfer von Tieren aus Menschen, Menschen aus Tieren, Mäusen aus Ratten, Schweinen aus Giraffen ... ja, bald werden wir uns meine Herren ... eine schöne, junge Geliebte so oft herstellen lassen können, wie wir wollen, wir sind nicht mehr hilfloser Teil einer biologischen Evolution, wir sind Baumeister und Wunschleiter eines gigantischen Entwicklungssprungs.

Aber woran scheitern all diese himmelstürmenden Entdeckungen: an der Antiquiertheit unseres Geistes! ... Denn beinahe jede Spielart künstlicher Befruchtung ruft sofort und auf der Stelle einen Vater, eine Mutter, einen Erzeuger, einen Brutbauch auf den Plan und läßt jede dieser epochemachenden wissenschaftlichen Errungenschaften zu einem Familienstreit, einem Familienbesitz verkommen!

Das hausbacken triviale Gezerre um viertausend tiefgefrorene Embryonen in England, auf die praktisch und faktisch die biologischen Eltern ein Recht geltend machen, beweist, wie tief die technologisch genialen Erfindungen stürzen: ins Kinderzimmer!

Es ist ein offenes Geheimnis, und Ihnen, meine Herren, darf ich es zumuten, daß alle Forschung auf dem Gebiet der Fortpflanzungstechnik heute so tut, als ginge es ausschließlich darum, armen zeugungsunfähigen Eltern ein Kind in die Arme zu legen.

Und wenn es inzwischen schon möglich ist, daß Tiere menschliche Samenzellen produzieren und diese eine menschliche Eizelle befruchten können, dann spiegelt sich darin nicht nur die Ungeduld und Fortgeschrittenheit einer explodierenden Wissenschaft, sondern auch der Versuch, den Menschen mit seiner noch primitiven Anspruchshaltung zurückzudrängen und von dem Höhenflug genialer Forschung abzukoppeln. Denn sehen Sie, meine Herren ... die guten nützlichen Tiere wissen gottlob nichts von ihren biologischen Eigentumsverhältnissen, sind keine eitlen Stammzellen- und Eibesitzer.

Mal ehrlich, meine Herren, müßten Sie Gebärende, Austragende sein, so würden Sie sich schon längst für ein Tier entschieden haben, welches den Uterus zur Verfügung stellt, nicht wahr?

Und es ist doch inzwischen von keinem Tabu mehr besetzt, wenn wir Katzendarm benutzen, wenn wir Herzklappen von Schweinen in uns tragen, wenn wir Tiere Krankheiten austragen lassen, die wir fürchten. Aber sobald wir uns in die Nähe des Geschlechtlichen, des Samenstolzes, des heiligen Brutbauches begeben, ist es, als griffen wir in eine göttliche Schöpfungsgeschichte ein, die ausschließlich den häuslichen Herd zum Verwalter und Ethiker vorbestimmt hat.

Und um dieses alles zu umschiffen, es wenigstens mit einem Versuch unter Beweis zu stellen, versuchten wir etwas Einzigartiges, noch nie Dagewesenes: nämlich die Kreuzung von verschiedenen Lebewesen – in einem Mutterbauch, in dem biologisch natürlichen Brutkasten einer Frau.

Ruhe ... meine Herren, entweder, Sie verhalten sich dem Ereignis gemäß, oder ich lasse räumen!! Es ist kein Grund zu hektischer Erregung.

Und um meine Ausführungen wieder ins Menschliche zurückzuführen, ist es wohl am besten, ich stelle Ihnen jetzt unsere wunderbare Grundlage, unser Saatgut, unsere PALLAS vor, die in den nächsten beiden Tagen als glückliche und als ganz normale Mutter niederkommen wird.

Ich bitte jetzt um größte Ruhe und liebevollste Konzentration, denn die Schwangere ist in einen nur leichten Schlaf versetzt, da jede Aufregung katastrophale Folgen haben könnte!

Herr Dr. Pless ... stellen Sie das Bett ein wenig höher, damit die Anwesenden den zufriedenen Ausdruck selbst sehen können.

Nein ... bleiben Sie sitzen, ich bitte Sie inständig, verhalten Sie sich leise, jede Aufregung, jeder Infekt könnte tödlich werden, jedes Aufschrecken das Immunsystem veranlassen, das Lebewesen, obwohl inzwischen ganz das ihre, ein Mädchen, in eine Hyperventilation zu steigern, um sozusagen einen nachträglichen Implantatstumult zu entfachen, der das fertige Menschenwesen töten könnte!

Unsere liebe PALLAS ist eine gesunde und mit speziellen Genvoraussetzungen ausgestattete 23jährige Frau aus der Ukraine, die sich freiwillig gemeldet hat – das liegt in allen Einzelfragen schriftlich und notariell vor – und die, das darf gesagt werden, reich in ihr Land zurückfahren wird, reich an Geld und reich durch das Kind.

Sie ist die einzige der drei Frauen, die nach Erstellung einer langjährigen Genlandkarte überhaupt in Betracht kam und sozusagen kompatible Genvoraussetzungen aufwies.

Sehen Sie nur – meine Herren, wie schön sie in ihr Glück hinüberträumt und wie entspannt sie in ihrem rosa Bettzeug liegt, allerdings ... unsere liebe Pallas kann auch anders, nicht wahr? ...

Weißt du noch, wie du uns Kummer bereitet hast und vor lauter Heimweh ausgebüxt bist? Ja, ja ... sie ist ein ganz und gar gesundes und forsches Mädchen, das genau weiß, was sie will, nicht wahr? Schlaf nur ruhig weiter, es geschieht dir nichts, nichts! ... Ruhe! ... Sehen Sie doch nur, Dr. Pless ... sie bekommt Pupillenflackern! ... Wie ist das möglich?! ... Sie wacht ja auf, sie schwitzt ... Um Gottes willen ... sie wird ganz nervös, sehen Sie ... bloß raus mit ihr! Raus ... und gleich ins Ruhekoma! Das war ja noch nie da! ... Heute geht aber auch alles schief! Ich bin in der Stimmung, alles abzubrechen!

Entschuldigen Sie, verzeihen Sie, wenn ich mich beschränke und Ihnen nicht das umfängliche holografische, röntgenologische und thermospezifische Material vorführe, die technischen Einrichtungen sind mir zu schlecht – und die Außergewöhnlichkeit des Tages zu hoch!

Ruhe! Wie bitte? ... Ich höre nicht! ...

Meine Herren, Sie haben nun wirklich keinen Grund, sich dafür zu schämen, daß komprimierte Zusammenhänge in einem komprimierten Vortrag Sie geistig überfordern!

Ja – Ruhe ... ich habe schon verstanden!

Sie brauchen keine Gymnasialentschuldigungen nachzureichen ... Also ... Sie da mit der himmelblauen Krawatte ... Sie fallen mir die ganze Zeit schon auf, sind Sie überhaupt geladen?

Ach – auch Sie! ...

Bitte sehr ... dann fahre ich eben im Märchenonkelstil fort ... ich habe drei Töchter im alten Herstellungsverfahren gezeugt – und aufgezogen, ich weiß, wie man das macht! ... Gereizt? ... Ich soll gereizt sein?! Wer ist hier gereizt? ... Ich sage nichts anderes, als daß ich nun fortfahre und mich bemühen werde, wenigstens im Kleinkindstil Ihr Verständnis zu finden!

Nur eines, meine Herren, morgen bekommen diejenigen von Ihnen, die zugelassen sind, undecodiertes ethik-immanentes In-vitro-Fertilisationsklinikhaftes hochtechnogenetisches digitalrationales neurophilosophisches Wissenschaftsdeutsch zu hören! Also! ...

Zwei Koryphäen der Genwissenschaft saßen eines Abends in einem gut besuchten Restaurant und tranken Wein. Mit steigender Stimmung schauten sie sich um und betrachteten die Gäste, die ebenfalls Wein tranken, aber einer untröstlichen Trauermasse glichen. EINS fragte: »Wissen Sie, warum die Menschen so traurig sind?« »Sie sind häßlich und wollen dumm bleiben, damit sie ihre Häßlichkeit vergessen!« sagte NULL. »Nein ... schauen Sie genauer hin«, forderte EINS: »Es ist ganz einfach! Sehen Sie sich diesen Menschen dort an, der an den Fingernägeln kaut. Was fällt Ihnen an diesem auf?« »Nun, wenn ich spontan sein darf ... er sieht wie ein Affe aus!« sagte NULL vorsichtig. »Ja – ja – das trifft auf Körperbau und Haltung zu, aber ... was folgern Sie daraus?« bohrte EINS. Und da NULL nicht gewohnt war, Fragen gestellt zu bekommen, die er nicht beantworten kann, sagte er: »Im Moment habe ich keine Erklärung, ich gehe nach Hause und schaue in mein Buch.« »So einer ... sind Sie!« rief EINS: »Ich sags Ihnen – auch ohne Buch ... er und die anderen leiden darunter, daß sie, er und alle auf der Welt, machen können, was sie wollen, daß sie so schön sein können wie der Morgentau, so klug wie die Eule, so reich wie Dagobert Duck, so entdeckerisch wie Columbus, so lange leben können wie die Eiche vor Ihrem Haus – und doch ihrer Urmutter, ihrem Urvater, die noch häßlicher sind als der, der jetzt eine Erdnuß ißt, niemals entkommen.« Da wurde NULL ärgerlich und traurig: »Darüber habe ich noch nicht nachgedacht, und es macht mich unsicher, nun gehe ich aber und schaue in meine Bücher, das hilft immer!« »Nein, bloß nicht! ... Das macht es schlimmer«, warnte EINS: »Denken Sie! Seit es bedrucktes Papier gibt, schreibt sich diese Häßlichkeit Wort für Wort und schwarz auf weiß fest, Wort für Wort auf weißem Papier, auf all den Milliarden Buchseiten steht der Versuch, die Schmach, die Kränkung wegzuschreiben! Denken Sie ... die Abstammungslehre war so unerträglich, daß nur die permanente Analyse Schutz bot vor der eingeschriebenen Beleidigung. Was hat es uns genützt, Gott zu erfinden, damit etwas menschlich Reines in die Welt käme? Es nützte auch nichts, daß wir Gott wieder abgeschafft haben, um etwas anderes Reines auf den Plan zu rufen: das Bewußtsein, das im häßlichen Menschen selbst wohnt und verklärt und aufklärt ... all das hat den Häßlichen nicht schöner gemacht ... Bis ... ja – bis ... mein Lieber ... denken Sie, denken Sie ... die leise Maschine erfunden wurde, das globale Riesengedächtnis, in das der Häßliche nun ganz und gar hineinkriechen kann, um als zeichenloses Zeichen schön, künstlich und rein wieder herauszukommen! ... Na-na ... NULL ... was lehrt uns diese Geschichte?« ... »Daß ich darauf nicht gekommen bin«, rief NULL. »Ja – mein Lieber, weil Sie falsch denken!« konterte EINS:

»Aber nun schlagen Sie ein, wir forschen und probieren so lange, bis wir die Abstammungsgeschichte unseren neuesten Maschinen zufolge umgeschrieben haben ... wozu haben wir sie! Und – dann beweisen wir endlich, daß die ganze Evolutionslehre ...«

»Ja-ja...«, versprachen sich NULL und EINS: »Wir hören nicht auf zu suchen, bis wir eine Mutter gefunden haben, die das gebiert, was dem ähnelt, was dort sitzt, dann beweisen wir, daß die häßliche Mutter, unser häßlicher Vater sich ihre häßliche Abstammungsgeschichte selbst schreiben können!« ...

Endlich fanden sie eine kräftige, mutige Mutter in einem fremden Land und ein Affen-Männchen, auch aus einem fremden Land; ein schönes Tier einer besonders seltenen Abstammung ... und setzten nun die eine reife, zur Befruchtung bereitete Eizelle der Frau mit den tiefgekühlten Spermien des Affen ... so lange in ihren genialen Brutofen, bis alles zu einem einzigen Teig ineinander verschmolz ... und transplantierten dies in die Mutter.

Meine Herren ... gehen Sie da vom Fenster weg, wie oft soll ich das noch sagen ...

Also bitte ...

Schreckliche Zeiten brachen an, die Mutter sehnte sich nach dem Kind, aber die artfremden Wesen rangen miteinander, das Immunsystem der Mutter griff die falschen Zellen an, um sie aus dem Körper zu werfen, das goldene Ei in ein totes zu verwandeln. Immer wieder fragten NULL und EINS, ob sie wirklich das erste Menschenweibchen sein wolle, das in einer umgekehrten Zeugung den anderen Heilsbringer in den Armen halten würde ... und immer sagte sie ja ... lächelte glücklich – und freute sich.

Unter großen Kämpfen und Leiden entstand langsam

ein Fötus, der über und über mit Haaren bedeckt war und diesem Affen glich, den sie ausgesucht hatten. Und alle freuten sich.

Aber es geschah etwas ganz Unerwartetes, etwas ganz Schreckliches. Im dritten Monat etwa, die Mutter lag in Zuckungen und Krämpfen, wuchsen ihr selbst Haare! ... Zuerst auf dem Handrücken, dann hinter den Ohren bis übers Kinn, bedeckten den zarten Hals und die schönen Brüste, und in kurzer Zeit verschwand die schöne Mutter mit der seidigen Haut unter harten kurzen Haaren, und sie hörte auf, die paar Worte zu sagen, die sie gelernt hatte.

NULL und EINS wurden krank vor Entsetzen, denn würde die Mutter weiter unter den Haaren verschwinden und nichts als ein Wesen mit ebenso vielen Haaren auf die Welt bringen, hieße das doch nichts anderes, als daß ... das Tier endgültig über den Menschen gesiegt hätte! ... Nein ... daran mochten und wollten sie nicht denken ... Unermüdlich befragten sie die elektronische Genialität, andere Koryphäen und Genlabore ... und faßten neuen Schöpfermut.

Aber der Zustand der Mutter verschlimmerte sich, sie schien sogar ihre Stimmorgane verloren zu haben, sie rollte die Zunge sichtbar zusammen, preßte einen Laut heraus, der die Backen aufblies und den Laut kümmerlich durch die behaarten Lippen entließ. Und boten sie ihr Fleisch, mußte es roh sein, das sie in die Hand nahm und daran roch, das Stück dann in alle Ecken verteilte, wieder hineinbiß und es sich unters Kissen legte, bis es stank. Es kam sogar so weit, daß sie nur noch Eicheln, Kastanien und rohe Kartoffeln zu sich nahm, die Nahrungsmittel stets beroch und mit Urin versetzte, um sie mit ungeschickten Gesten in den Mund zu drücken. Paßten sie nicht auf, steckte sie die behaarten Finger in alle Öffnungen: Steckdosen und Schlüssellöcher, sogar NULL und EINS griff sie unvermutet schnell und heftig in Nasen, Augen und Mund, grunzte dabei – und freute sich.

Es mußte etwas geschehen!

Tag und Nacht wichen sie nicht von ihrer Seite, saßen in ihren Laboren, probierten und amalgierten, denn es war nun schon beinahe wichtiger, die Frau zu retten als das behaarte Wesen. Im letzten Moment kamen sie auf die Idee, das Immunsystem nicht zu stärken, sondern zu schwächen!! Sie riefen beglückt: »Wenn wir die T-vier-Zellen im Organismus herabsetzen, wird der Fötus die Arbeit am Fremdkörper wieder aufnehmen!«, und sie wurden froh und begannen ihre rettende, grausame Arbeit.

Sie stürmten herein und erschreckten die Mutter mit Operationsbestecken, mit blutigen Laken und Binden, sie verkleideten sich als Gespenster, erschienen als Tod und Teufel, nichts ... zum Schluß zeigten sie ihre nackten Hintern, nichts anderes ... und plötzlich zeigte sich ein erhöhter, ein panischer Schreck, der schließlich erzeugt werden sollte! Endlich konnten sich NULL und EINS als Schreckobjekte zurückziehen, und sie sperrten die unglückliche Mutter in einen schwarzen Kasten und zeigten ihr stundenlang nichts als Filme mit nackten Menschen.

Nach einigen Tagen schon geschah das Wunder: Die unglückliche Mutter begann wieder, wie ein Mensch zu schreien, sich zu fürchten und die Bettdecke über den Kopf zu ziehen. Und – langsam wichen die Haare, sie verschwanden wie ein Ausschlag, und die Gesichtszüge traten hervor, noch schöner als je – und sie verlangte nach einem Äffchen, das man ihr in den Arm legte.

Und wieder geschah ein Wunder: Es war nun etwa nach dem hundertsten Tag, da bemerkten NULL und EINS, daß der Mutter aus allen Öffnungen Haare abgingen ... und sie staunten nicht wenig, als bald ein ganz und gar nackter Affe vor ihnen im Bauch dalag ... und des Wunders kein Ende ... der sich zusehends in einen Humanoiden verwandelte ... und bald, zum großen Glück der Mutter und zum noch größeren Glück von NULL und EINS ... in ein schönes, ganz normales Menschenbaby ... »Ein Mädchen, ein Mädchen ... wird uns geboren!« riefen sie begeistert und tanzten um das Bett der glücklichen Mutter.

Meine Herren! ... Ich sehe, Sie stehen schon wieder am Fenster, ich habe eben einen Stein gehört, bitte, ich bitte Sie, treten Sie weiter in den Raum hinein!! Nein – keine Panik, es kann nichts passieren, wir sind hochbewacht. Bleiben Sie ruhig, ich erzähle weiter ... Nein ... nicht hinauslaufen ...

Hören Sie ... meine Herren! ... Bleiben Sie, wo Sie sind ... Ich erzähle weiter ... Und wieder saßen NULL und EINS beim Wein ... RUHE!! Und wieder saß das Völkchen um sie herum und verbreitete traurige Traurigkeit ...

Was ist denn das! ... RUHE, ich sage Ruhe bewahren! ...

Und NULL fragte EINS: »Na – was denken Sie, müssen Sie immer noch in Ihre Bücher schauen?«

»Nein...! ... nein ... niemals!« rief EINS mit großem Frohlocken: »Wir haben alle neu geschrieben!« ... Meine Herren, ich bitte Sie ... ein zerborstenes Fenster schreckt uns nicht, wir lassen uns nicht einschüchtern, bitte! ... Und ... meine Herren ... da fragte NULL mit einem noch größeren Frohlocken: »Und das Tier? Wo?« ...

Die Autorin dankt Mary Wollstonecraft Shelley
für die Überlassung der Namen
Dr. Waldmann, Dr. Clerval und Dr. Doralis Krempe
aus »Frankenstein, or the Modern Prometheus«.
J.H.

Die Deutsche Bibliothek – CIP-Einheitsaufnahme
Heinrich, Jutta:
Unheimliche Reise : Roman / Jutta Heinrich. –
Hamburg : Europäische Verlagsanstalt, 1998
ISBN 3-434-50427-3

© Europäische Verlagsanstalt/Rotbuch Verlag, Hamburg 1998
Umschlaggestaltung: Groothuis + Malsy, Bremen
Umschlagmotiv: Filmstill aus »Nachts auf den Straßen« (1951)
© Deutsches Institut für Filmkunde (DIF), Frankfurt/Main
Signet: Dorothee Wallner nach Caspar Neher »Europa« (1945)
Herstellung: Das Herstellungsburo, Hamburg
Satz: H & G Herstellung, Hamburg
Druck und Bindung: Clausen & Bosse, Leck

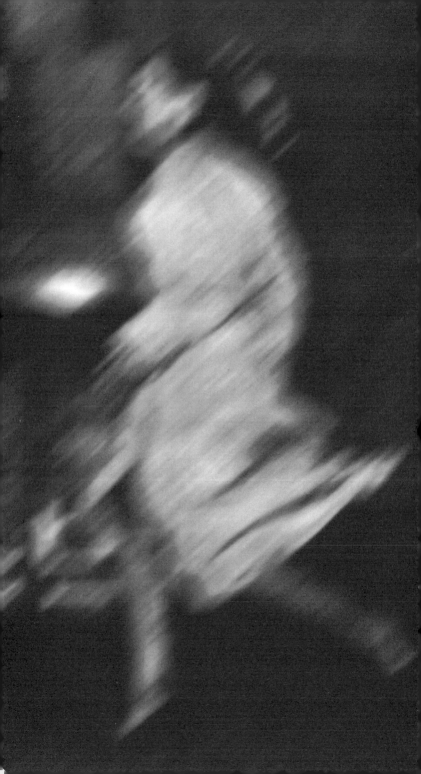